신재영 지음

편의점
재영씨

에쎄

들어가는 말

편의점 아르바이트를 처음 시작한 곳은 '이태원'이다.

이태원 역 주변 도로를 중심으로 윗동네는 '핵인싸'들이 아랫동네는 '아싸'들이 대부분 산다. 나는 '아싸'들이 사는 동네에서 밤 10시~아침 7시까지 야간에 일했다. 일기장을 들춰보니 2016년 9월초께 첫 면접을 보러 간 것으로 쓰여 있다. 그렇게 시간이 많이 흘렀나 싶어 놀랐다.

그곳에 살 공간을 마련한 후 가장 먼저 한남역에서 버스를 타고 터널을 지나 남산도서관에 갔다. 이사한 집은 최소한의 가재도구만 있었고 특히 TV가 없었기 때문에 심심했다. 그래서 달리 할 일이 없었다. 도서관에서 『안네의 일기』를 빌려왔다. 내 학창시절에도 어디선가 선정된 청소년 필독도서였는데 나는 30대 후반에 처음 읽었다.

'저 어린 것은 그 시절을 어떻게 견뎠을까?'

열세 살 소녀가 고통을 이겨나가는 과정을 알고 싶었다.

1. 책 읽기
2. 공부하기
3. 일기 쓰기

위의 세 가지를 하며 소녀는 죽는 그날까지 견뎠다. 그래서 나도 안네 따라쟁이가 된 것이다.

그 무렵 드라마 「도깨비」가 방영되고 있었다. 4개월 정도 근무했을 무렵이다. 물론 나는 몰랐다. 어느 날 20대 중반으로 보이는 청년이 대뜸 이렇게 말을 걸어왔다.

— 도깨비 보셨어요?
— 네?
— 도깨비요.

나는 그 청년이 생긴 건 멀쩡하지만 어딘가 좀 아픈 걸로 생각했다. 이 세상에 아프지 않은 사람 찾기가 더 어려우니까.

— 음…… 귀신은 가끔 봐요. 근데 도깨비는 영 요즘 안

오네요?

그는 나를 빤히 보더니 나가고 한참이 지나도록 편의점에 오지 않았다.

'다음에 오면 드라큘라 봤냐고 물어보려나?' 싶어서 기다려졌는데 말이다. 그사이 「도깨비」란 드라마가 유행이란 사실을 알고 그때도 놀랐다.

어느 날 그 청년이 친구와 함께 편의점에 찾아왔다. 오밤중에 귀신 보는 여자에게 물건을 사러 왔으니 혼자 오기 무서웠던 것 같다.

나는 계산을 해주며 이렇게 말했다.

— 나 도깨비 봤어요.

그들은 서로를 슬쩍 쳐다보더니 얼음이 되었다.

— TvN에서요.

그들은 땡 하고 굳은 몸을 풀었다.

일하면서 이런 경험들이 재미있었다. 그리고 다른 사람도 재미있게 해주고 싶어 페이스북에 올렸다. 그들도 재미

있어했다. 그게 행복했다. 그 행복이 한 권의 책으로 나오게 되리라 내가 꿈이라도 꿨겠는가.

출판사인데 이름이 '글항아리'라고 하기에 어린이책 내는 곳인가 했는데 아니어서 이번에도 놀랐다. 막 쓴 글이 책이 될 수 있도록 기회를 주신 파주댁, 강성민 대표님과 공들여 책을 만들어주신 문학동네 건물 1~3층 통유리 안에서 일하고 계시는 분들께도 고맙다는 말을 꼭 전하고 싶다. 마지막으로 편의점에서 퇴근해 돌아오면 빈집에서 늘 나를 기다려주고 만나면 꼬리가 떨어질 정도로 반겨주는 반려견 몽보살, 몽몽이에게도 그저 고맙다.

나와 편의점의 인연은 이태원에서 시작되었으니 하늘나라에 먼저 간 청년들에게 이 책을 바치고 싶다. 거기서는 좀 재미있으라고.

2023. 1. 8.

신계리에서
신재영 씀.

01
편의점 출근길에서

천안天安은 하늘 아래 가장 편안한 곳이라 하지만 객지가 서러울 때는 하늘을 보곤 했다. 비 온 뒤라 어디를 봐도 생기가 가득했다. 꽃을 시샘해 바람막이 점퍼 틈으로 비집고 들어오던 찬 기운도 잦아들었다. 겨우내 집에만 있던 노인들도 볕이 좋은 곳에 자리를 잡고 하늘을 무심히 바라봤다. 오른손 번쩍 들고 횡단보도를 건너는 아이들의 소란스러움에도 하늘은 있었다.

녹음을 약속하듯 햇살은 초록색 청소차에도 내리쬐었다. 형광 조끼를 입은 사내들은 무릎을 스프링 삼아 차량 뒤에서 뛰어내렸다. 소매 단 걷어붙인 팔뚝의 불거진 힘줄에서 부모님의 용돈도 아이들의 학원비도 아내의 화장품도 나올 것이다. 알뜰하게 동여맨 종량제 봉투 매듭, 매듭마다 어느 여인네들의 살뜰한 살림이 그려진다. 다리 꼬고

앉아 침 발라 세수하는 분주한 고양이에게도 어제까지는 보이지 않던 연푸른 것들에게도 볕은 무차별했다.

편의점 어닝은 잘 접혀 있는지 바깥에 진열해둔 화이트데이 사탕들은 밤사이 무사했는지 재영씨는 살피고 또 살폈다. 날마다 몇 번의 바코드를 찍는지는 모르지만 그 손에서 재영씨네 월세도 공과금도 그리고 반려견 몽몽이의 밥도 나올 것이다. 그곳에도 볕이 들었다.

봄은 그렇게 왔다.

02
라면 소년 1

— 오늘도 컵라면 먹는 거야?

— 라면 먹고 싶은데 엄마가 집에서는 못 먹게 해요.

— 왜?

— 몰라요.

11살 소년은 노련한 솜씨로 라면 스프를 흔들더니 탈탈 털어 쏟아부었다. 게다가 나무젓가락을 빨래집게처럼 활용해 은박지 뚜껑과 스티로폼 용기 사이의 얄궂은 틈새를 오므려놓고는 그 위에 냅킨 통을 탁 엎어놓았다. 그러더니 휙 돌아서서 컴퍼스 모양으로 다리를 벌리고 팔짱을 낀 채 재영씨를 바라봤다.

대략 50센티미터나 큰 어른을 치켜 올려다보는 소년 앞에서 재영씨는 다윗과 마주한 골리앗이 된 기분이었다.

― 근데 여기 사람은 계속 바뀌는 거예요?

― 응, 하루 종일 있으면 힘드니까.

소년은 고개를 끄덕였다.

― 오늘 왜 아파 보여요?

(화장을 안 했거든.)

― 좀 피곤하네?

― 왜요?

(어제 술 좀 마셨어.)

― 책 좀 읽느라고.

― 아! 그렇구나. 그럼 이따 몇 시에 사람 바뀌는 거예요?

― 밤 10시에.

소년은 또 고개를 끄덕였다.

― 내가 계속 있으면 좋겠어?

편의점 재영씨

— 네.

— 왜?

— 나를 아니까요.

어느 날에는 소년이 동생에게 1000원을 받았다며 신나서 편의점에 왔다. 입꼬리를 붉게 물들인 채 김이 모락모락 올라오는 국물을 마시며 맑은 콧물을 흘리는 소년을 보니 재영씨도 라면이 먹고 싶어졌다.

— 나도 라면 먹을래. 같이 먹자.

소년은 기뻐했다. 콧물을 닦아주니 더욱 기뻐하며 콧구멍을 벌렁거렸다. 우린 면이 익기를 기다리며 이야기를 나눴다. 소년은 재영씨가 언제 쉬는지, 얼마를 받고 일하는지, 일은 할 만한지 궁금해했다.

대답을 해주었더니 소년은 2시간만 일을 해도 만 원을 넘게 벌 수 있다며 '큰돈을 주니 괜찮은 알바'라고 말했다.

— 근데 이런 게 왜 궁금해?

— 저도 편의점 알바 하게요.

— 언제?

— 음, 중학생 때쯤? 형아 되면요.

— 아, 근데 어떡하지? 중학생은 편의점 알바를 안 시켜
주는데?

— 정말요? 저 돈 계산 잘 할 수 있어요! 여기 사장님한테
말해주면 안 돼요?

— 일단 고등학교 3학년 정도는 되어야 해. 다른 알바도
한번 생각해봐.

— 후…… 다른 것도 많겠지만 저는 편의점 알바를 꼭 하
고 싶어요.

— 왜?

— 그건…… 저도 몰라요.

남은 국물을 원샷 후 소년은 힘없는 인사를 하고 학원에
갔다.

03
라면 소년 2

소년에게 "너는 라면이 그렇게 좋니?" 하고 물어본 적이 있다. 소년은 자주 먹던 그 컵라면이 편의점에서 1000원을 넘지 않으면서도 양이 많은 유일한 간식이라고 했다. 그날은 마침 용돈이 떨어져 당분간 편의점에 오지 못한다고 말했다.

— 그래 그럼 다음에 또 보자.
— 저 안 오면 안 보고 싶을 거예요?
— 왜?
— 몰라요!

그런데 몇 시간 후 소년은 환한 미소를 띠며 편의점에 또 왔다.

— 너 용돈 떨어졌다며.

소년은 500원짜리 동전 두 개를 내밀었다.

— 500원은 심부름을 해서 받은 거고요, 학원 빼먹지 않
   고 별 도장을 30개 받으면 학원에서 500원씩 용돈을
   주는데 오늘 받았어요.
— 아, 그렇구나. 요즘은 학원에서 용돈도 주나보네?

하며 거스름돈을 주었더니 유니세프 모금함에 땡그랑
하고 넣으며 소년은 말을 이어갔다.

— 네, 애들이 자꾸 빠지니까 공부 열심히 하라고요.
— 아, 그렇구나.

라면 은박지 뚜껑을 깔때기 모양으로 접어 거기에 라면
을 조금씩 덜어먹으며 재영씨를 바라보는 소년의 희고 고
운 입가가 매워서 빨개졌다. 그래도 면발을 호호 불어가며
잘도 먹었다. 소년은 깔때기에 담은 라면을 들고 서서 계
산대 너머에 있는 재영씨와 이야기 나누는 것을 좋아했다.
그날은 소년이 재미있는 질문을 했다.

— 남자 친구 있어요?

— 왜?

— 그냥요?

— 넌 여자 친구 있어?

— 네. 근데 결혼 하셨어요?

— 왜?

— 몰라요.

소년은 빨리 어른이 되고 싶은 것 같았다.

— 넌 언제 결혼할 건데?

— (한숨을 푹 쉬더니) 아니 내가요, 집에 10시나 돼야 들어가요. 그래서 결혼을 할 시간이 없어요! 그게 왜 그러냐면요, 학원에 가야 해서 그래요. 학원 끝나고 집에 가면 자전거 타고 아무리 빨리 가려고 해도 10시가 돼버리거든요!

— 저런, 그래서 결혼을 못 했구나!

라면 국물을 호록 마신 소년의 미간에 주름이 잡혔다.

— 아휴 그렇다니까요!

― 그럼 나중에 지금 여자 친구랑 결혼할 생각이야?

소년은 잠시 뜸 들이더니 말을 이어 나갔다.

― 모르겠어요. 실은 걔가 저한테 먼저 버스에서 고백했
  거든요?
― 뭐라고 고백했는데?
― 제가요, 너 좋아하는 사람 있냐고 물으니까 손가락으
  로 화살표를 만들어 저한테 쐈어요.
― 왜 말로 안 하고 그랬을까?
― 아이 참, 말로 하면 딴 애들이 듣잖아요!
― 아, 그렇지! 그래서 넌 어떻게 했어?

소년은 남은 라면 국물을 원샷하고 스티로폼 용기를 테
이블에 탁 하고 내려놨다.

― 그건 잘 생각이 안나요. 아무튼 학원 때문에 결혼을 못
  하고 있다니까요!

04
라면 소년 3

— 나 오늘까지만 일해.

— 그럼 이제 못 봐요?

— 편의점에서는 못 보지.

소년은 말없이 창가 쪽으로 걸어갔다. 잠시 후 어깨가 들썩였다.

— 왜 울고 그래. 우니까 콧물 나오잖아. 흥 해봐.

눈물과 콧물이 뽀얀 얼굴을 불그레하게 만들었다.

— 이쪽도 흥!

아이의 것이나 어른의 것이나 눈물은 따듯했다.

— (훌쩍) 근데요, 휴대폰 번호 가르쳐줄 수 있어요?
— 물론이지.

소년은 가끔씩 재영씨에게 전화를 걸었다.

— 뭐해요? 나 학원 가고 있어요. 끊어요.
— 뭐해요? 나 지금 버스에서 내려요. 끊어요.
— 뭐해요? 나 그냥 전화해봤어요. 끊어요.

저 할 말만 하고 얼른 끊어버리는 통화에서 재영씨는 언제나 이렇게 대답해주었다.

— 응.

소년은 이제 중학생이 되었을 것이다.

05
따발총

    편의점은 겨울보다 여름 매출이 높다고 한다. 굳이 매출 현황을 보지 않아도 날이 더워지면 바코드 내려놓을 새가 없었기 때문에 매출 정도를 체감할 수 있었다.

    재영씨는 출근 전 일기예보를 꼭 확인했다. 매장에 들어서면 에어컨부터 빵빵하게 틀어놨다. 손님들이 들어오자마자 시원해서 살 것 같다고 하면 기분이 좋았다. 자기가 전기세 내는 게 아니었기 때문에 매년 삼복더위에는 특히 인심을 팍팍 썼다.

    (더운 자들이여 다 편의점으로 오라!)

    오후가 되면 땀을 뻘뻘 흘리며 들어오는 초딩들로 북새통이다. 마침 아이스크림 10개를 반값에 할인하는 기간이라 떼로 몰려온 날이었다. 저마다의 입맛대로 골라온 아이스크림 10개의 바코드를 스캐너로 찍고 나니 어떤 아이가 갑자기 소리를 쳤다.

— 따발총이다!

계산대 너머에 있던 초딩 무리가 일제히 박수를 쳤다.

— 뭘 이 정도 가지고 그래? 연사로 쏴줘봐?
— (합창) 네!

재영씨는 아이스크림 하나를 들고 스캐너가 뜨거워질 정도로 따다다다다다다다다 쏴줬다.

— 봤냐?

아이들이 "와, 대박!" 이러면서 손바닥에 불이 날 정도로 박수를 쳐주었다. 재영씨 어깨 뽕이 올라온 날이다.

o6
이브의 동산

　이브는 재영씨 빼고 모든 사람에게 '사장님'이라 하고 남편을 '아저씨'라고 부르는 부동산 대표다. 사시사철 목에 스카프를 두르고 다니고 빨간 바지를 자주 입고 다녀 멀리서도 이브인 것을 금세 알아볼 수 있다. 체구가 커서 뒤뚱뒤뚱 걷는데 불편해 보이는 힐은 항상 신고 다녔다.
　늦가을 낙엽이 수북해 편의점 입구를 재영씨가 쓸고 있었을 때다.

　─ 언니!
　─ 네, 안녕하세요?
　─ 언니! 여기 돌아다니는 고양이 언니가 밥 줘요?

언젠가부터 편의점 문 앞에 고양이 한 마리가 찾아왔다.

새끼 고양이는 아닌데 그렇다고 아직 어른이 된 고양이도 아닌 그런 고양이였다. 흰색에 연노란 줄무늬가 있는데 눈동자가 오드아이인 아이.

— 고양이 캔 몇 번 줬어요. 왜요?
— 아흑, 내가 고양이를 너무 무서워해요! 우리 아저씨도 고양이 좋아하는데 내가 무서워하니까 동물 같은 건 키울 생각도 안 해요.
— 근데요?
— 근데요는 무슨 근데요야! 자꾸 밥 주니까 상가 여기저기 돌아다니고 그러잖아! 우리 부동산 앞에도 왔다 갔다 하고!

갑자기 이브의 피가 머리 위로 쏠렸는지 평상시에 가리고 다녔던 이중 턱이 스카프 바깥으로 삐져나왔다. 꽃무늬 스카프가 그날따라 이브의 목을 옥죄는 것만 같았다.

— 고양이가 진짜 많이 무서우신가봐요.
— 그렇다니까요! 그리고 여기 아파트에 그렇게 고양이 돌아다니고 하면 사장님들도 싫어한다고요. 그 누런 거 말고도 여기저기 아주 많다고! 시커먼 놈도 빨빨거

편의점 재영씨

리고 돌아다니고! 아흑, 무서워. 새끼 치기 전에 싹 다
죽이든가 해야지 원!

— 네, 밥 안 줄게요. 됐죠?

— 그럼 좀 부탁해요, 언니!

그때 아담한 체구의 아저씨가 다가왔다.

— 자네, 여서 뭐하는가? 손님 오신 거 같구먼.

— 아이고 내 정신 좀 봐! 김 사장님 오신다고 했는데. 이 언
니가 자꾸 고양이 밥을 주고 그래서 내가 한마디 했어!

— 에헤, 이 사람아. 손님 기다리네. 가세.

(저 사람이 남편이구나.)

부부는 빨간 바탕의 흰 글씨로 쓰인 '에덴 부동산' 간판
아래로 서둘러 들어가버렸다. 씰룩거리는 이브의 살진 궁
둥이가 사라질 때까지 재영씨는 부부의 뒷모습을 바라보
았다. 그들의 이야기를 엿듣고 있었는지 편의점 귀퉁이에
서 그 오드아이 고양이가 얼굴을 빼꼼 내밀었다. 한참 전
부터 그 자리에 있었을지도 모른다. 재영씨는 고양이 캔을
얼른 하나 계산해 껍질을 까서 바닥에 내려놓았다.

(이거 먹고 이젠 여기 오지 마. 나도 어쩔 수가 없어.)

평상시에는 게 눈 감추듯 캔 사료를 먹어치우던 고양이가 그날따라 냄새만 맡고 도통 먹질 않았다.

— 계산해주세요!

편의점 안에 있던 교복 입은 남학생이 재영씨를 불렀다. 계산대 앞에 서 있는 학생은 고등학생으로 보였는데 명찰을 달지 않아 이름은 알 수 없었다. 그래서 재영씨는 그 학생을 '고딩집사'라 부르기로 했다.

— 박스 있어요?
— 택배 보내게요?
— 아뇨. 저 고양이 담을 만한 박스요.
— 데려가게요?
— 네.

재영씨는 과자를 진열하고 버린 폐박스 중에 가장 큰 것을 골랐다. 접힌 것을 다시 편 다음 학생에게 건넸다.

편의점 재영씨

— 이만 하면 되려나?

— 네.

고딩집사는 박스 테이프로 폐박스의 아랫쪽을 겹겹이 붙였다. 잘근 잘근 씹은 흔적과 함께, 손톱이 거의 남아 있지 않았다. 테이핑이 다 되었는지 고딩집사는 빌려준 박스 테이프와 3M 커터칼을 계산대 위에 올려두곤 목례만 하고 나갔다. 손님이 편의점에 계속 들어오는 상황이라 고딩집사가 밖에 있는 오드아이 고양이를 데려갔는지 알 수는 없었다. 그 고양이가 여전히 모퉁이에 있는지도 알 길이 없었다.

며칠 후.

낙엽은 쓸어도 쓸어도 또 쌓여만 갔다.

그날도 재영씨는 편의점 앞에서 비질을 하고 있었다. 경비 아저씨가 묵직한 마대 자루를 들고 편의점 쪽으로 다가왔다.

— 안녕하세요?

— 잉. 낙엽 쓸고 나믄 금방 또 눈 쓸어야지라?

— 그렇죠. 호호.

— 저짝에서 나도 빗자루질 허다가 깜짝 놀랬네 그랴.

— 왜요?

— 고양이가 얼척없이 무대기로 죽어 있는 게라. 니미.

에덴동산은 없다.

O7
쇄골의 맛

— 저기요!

— 네.

30대로 보이는 여성 손님이 계산대 위에 비닐봉지를 신경질적으로 툭 던졌다.

— 무슨 일이세요?

— 여기 사골육수 유통기한 좀 보시라고요. 아까 나한테
  그쪽이 판 거예요. 기억하죠?

재영씨는 비닐 속을 뒤적거려 사골육수에 적힌 유통기한을 확인했다. 어제 날짜로 분명히 적혀 있었다.

— 네. 날짜가 지난 거 맞네요. 아이구 죄송해요.

레토르트 식품 중 유통기한이 다한 것은 대부분 그날 밤 12시에 폐기한다. 야간 근무자가 깜빡했거나 날짜를 착각했을지도 모른다.

(야간에 일하는 S에게 좀더 꼼꼼하게 일하라고 일러둬야겠구나.)

— 죄송하면 다예요? 이거 우리 애기 떡국해서 먹이려고 산 건데 먹였다가 잘못되었으면 그쪽이 책임질 거예요? 네?
— 그러게요. 죄송해요, 손님. 좀더 주의해서 일할게요.
— 내가 봤으니까 망정이지 못 봤으면 어쩔 뻔했냐고!

애기 엄마는 비닐봉지에 담겨 있던 과자봉지와 함께 그 사골육수를 재영씨를 향해 던졌다. 쇄골 언저리에 부딪혀 떨어진 사골육수를 바닥에서 집어 다시 계산대에 올려두었다.

— 환불 처리 바로 해드릴게요. 영수증 좀 찾을게요. 잠시만요.

퇴근하고 나니 새해가 밝았다. 재영씨는 폐기 처리한 사골육수가 버리기 아까워 그것으로 떡국을 끓였다. 떡을 넣고 나니 잠시 후 부글부글 끓기 시작해 간을 봤다. 떡국 육수에서 쇄골 맛이 났다.

08
중딩과 신발튀김

— 이거 얼마예요?

갓 변성기가 온 목소리였다.

— 가져와볼래? 바코드 찍어볼게.

중딩이 가져온 것은 도시락이었다. 삐빅!

— 4500원이네?
— 그럼 이거는요?

중딩은 투명 플라스틱에 진열된 튀김 하나를 손으로 가리켰다.

편의점 재영씨

— 그건…… 앗, 폐기 시간 지났네? 너 이거 먹을래? 난 튀김 살쪄서 잘 안 먹어.

— 네!

재영씨는 종이 포장지에 두 덩어리의 치킨을 담아 전자 레인지에 1분 30초 돌려서 먹으라고 말해줬다. 전자레인지가 돌아가는 동안 중딩은 재영씨에게 말을 걸었다.

— 아줌마, 근데 이 튀김 정말 신발 튀긴 거예요? 헤헤.

— 여기 아줌마가 어디 있어?

— 헤헤. 아줌마, 아줌마 아니에요?

— 뭐라고? 아줌마 같은 소리 하고 앉아 있네. 내가 어딜 봐서 아줌마니?

— 헤헤.

띵!

중딩은 전자레인지 앞에서 신발 모양의 치킨튀김을 우적우적 씹어 먹었다. 그때 편의점 문이 열리면서 같은 교복을 입은 남학생 둘이 들어왔다.

— 남학생 1: 치킨 처먹냐? 존나 맛있겠다?

중딩은 전자레인지를 바라보며 치킨을 꾸역꾸역 씹었다.

— 남학생 2: 돈도 없는 그지 새끼가 치킨 존나 처먹네? 훔쳤냐?

중딩은 고개를 돌려 남학생 2를 쳐다봤다.

— 남학생 2: 뭘 봐. 씨발련아!

말이 끝나기가 무섭게 중딩은 먹고 있던 치킨 조각을 남학생 2 면상에 냅다 집어 던졌다.

— 남학생 2: 악! 잇 씨발련이!

어찌할 새도 없이 두 녀석이 엉겨 붙더니 드잡이를 시작했다. 서로를 씨발련이라고 쌍욕 융단폭격을 날리며 '개싸움이란 이런 것이다'를 보여주었다. 편의점으로 들어오던 소녀들은 그 광경을 보고 눈을 똥그랗게 뜨더니 손으로 입을 틀어막았다.

(근데 남자애들인데 왜 '놈'이 아니고 '련'이라고 하는 거지?)

편의점 재영씨

— 야, 느이들 나가! 나가서 싸워! 빨리 나가!

그때 중딩이 "야잇, 씨발!" 하고 욕을 하며 주먹으로 남학생 2의 코를 정통으로 갈겼다.

(아구창을 날렸어야지!)

재영씨는 자기가 깽값 물어줄 게 아니었기 때문에 아구창을 되뇌었다. 아구창, 아구창, 아구창…… 남자의 자존심은 쌍코피에서 무너진다고 하던가. 남학생 2의 양쪽 콧구멍에서 시뻘건 피가 쭈룩 흘러내렸다. 소녀들이 일제히 소리를 질렀다. 남학생 2와 함께 왔던 남학생 1은 어디론가 전화를 다급하게 걸었다.

— 끼약!!!

쌍코피의 출현으로 드잡이는 잠시 휴식 시간으로 이어졌다. 1라운드 종료.
학생 2는 교복 소매로 코밑을 스윽 닦더니 중딩을 향해서 소리쳤다.

— (씩씩씩) 너 밖으로 나와 잇 씨발련아!

— 코피나 닦어 새꺄!

편의점 문을 열고 중딩이 나가자마자 학생 2가 재빨리 뒤따라 나갔다.

2라운드가 편의점 바깥에서 시작되었다. 개싸움 다시 시작!

편의점 바닥에 나뒹구는 신발튀김 반쪽과 사방에 튄 튀김 가루를 빗자루로 쓸어 담아 쓰레기통에 넣고 있던 재영씨는 창밖을 내다봤다.

매장에서 울려 퍼지는 BGM 때문에 자세한 소리는 들리지 않았지만 쌍코피를 흘린 남학생 2 옆에 아저씨 한 명이 서서 중딩을 향해 뭐라 뭐라 하며 화를 내고 있었다. 그를 빤히 바라보고 있던 중딩에게 삿대질을 하는가 싶더니 사정없이 뺨따귀를 냅다 후려쳤다. 재영씨는 편의점 문을 나서보려고 했는데 손님들이 들어왔다.

편의점으로 하나둘씩 들어온 손님들은 눈살을 찌푸리며 한마디씩 했다.

— 애덜 쌈이 으른 쌈 된다더니. 쯧쯧.

— 애 잡것네.

— 저기요, 이거 계산 좀 해주세요.

삐빅! 삐빅! 삐빅!

손은 바코드를 찍고 있는데 마음은 바깥에 있다보니 연거푸 계산을 실수했다.

— 언니, 이거 두 번 계산되었어요. 하나 샀는데.

— 에고, 죄송해요. 다시 해드릴게요.

— 아흐, 나 바쁜데.

— 네, 빨리 해드릴게요. 잠시만요.

마음이 급하니까 재영씨는 자꾸 실수를 했다.

— 언니, 이건 왜 안 찍어요 또!

— 아! 맞다. 죄송해요.

— 아흐, 나 바쁘다니까요! (으르렁)

겨우 계산을 다 끝내고 바깥에 나가보니 중딩은 교복 넥타이 언저리 부분을 잡힌 채 아저씨 손에 어디론가 끌려가고 있었다. 다시 매장 안으로 돌아와 폐기한 자리에 다시 튀겨 채워 넣을 신발튀김을 냉동고에서 꺼내 열어보니 튀김가루가 유리가루로 변해버린 것만 같았다.

O9
에쎄

— 누나, 걔 혹시 요즘에도 와요?

— 누구?

— 택배 조끼 입고 에쎄 담배 사러 오는 애요.

— 그 사람이 애라고? 나 있을 땐 맨날 레종 프렌치블랙
만 사갔는데?

— 몰랐어요? 누나?

— 난 그냥 택배기사인 줄 알았지. 요즘은 마스크 끼고 캡
쓰고 오면 얼굴 확인이 잘 안되잖아. 근데 걔는 기사님
들 조끼 입고 있어서 어른인 줄 알았네?

— 아니에요. 딱 보니까 담배셔틀 하는 거던데.

— 뭐? 담배셔틀?

— 누나 빵셔틀은 아시죠?

— 알지 그건.

― 그거랑 똑같은 거예요. 저도 학교 다닐 때 그거 당해봤어요. 군대도 갔다 오고 시간이 흘렀는데도 가끔 그때 악몽이 꿈에서 아직도 나와요. 군대 다시 가는 꿈보다 그게 더 최악이에요.

― 어, 그랬어? 걔 왔을 때 담배 어떻게 했어?

― 저는 그냥 모른 척하고 줬어요. 안 사가면 걔 다구리 당하거든요.

― 아휴!

야간 교대근무자 S의 말을 듣고 재영씨는 심란했다. 마침 그날 택배 조끼를 입은 그 애가 왔다. 자세히 보니 조끼를 입고 캡을 쓴 것 외에 목장갑도 끼고 있었다. 제 나름대로 위장을 한 것이다. 왜소해서 입은 조끼가 몸에서 겉돌았다.

― 어서 오세요.

― 에쎄.

(어쭈구리? 맨날 레종 프렌치 블랙만 사가더니?)

― 몇 미리 드릴까요?

46

— 네?

— 몇 미리요? 라이트? 1미리? 0.5?

— 에…… 에이 씨.

재영씨는 그 친구를 '에쎄'라 부르기로 했다.

— 신분증 보여주세요.

에쎄는 조끼 주머니에서 주민등록증을 꺼내 재영씨에게 한 손으로 쑥 주었다.

— 주민등록번호 불러보세요.

에쎄는 움찔했다.

— 구팔 일이이오 일…… 일……

— 주소 불러봐요.

— 서울시 용산구 이태원동…… 이? 일? 이……

— 호수 어떻게 돼요?

에쎄는 한숨을 푹 쉬었다.

— 너 집 주소 모르지.

— 그게…… 이사온 지 얼마 안 됐는데…… 집은 그냥 가
는 거다보니까 주소는 안 외워서……

재영씨는 에쎄의 얼굴에 제 얼굴을 가까이 가져다댔다.
캡으로 가려져서 잘 보이지는 않았지만 이마에서 눈가로
내려오는 라인 언저리에 푸르딩딩한 멍자국이 있었다. 그
색깔이 마치 아기 엉덩이 몽고반점과 흡사했다.

— 모자 벗어봐.

— 잘못했어요.

— 아니 내가 너한테 뭐라고 그러려는 게 아니고. 모자 벗
어봐. 빨랑.

에쎄는 고개를 푹 떨궜다.

— 모자 벗기 좀 그래?

— 네.

— 우리가 청소년한테 술이나 담배를 팔다가 걸리면 영
업 정지를 당해. 그리고 판매한 사람도 피해를 입어.
법이 그렇게 되어 있대. 그래서 너한테 팔 순 없어. 너

도 알잖아. 그렇다고 신분증 요구 안 하는 다른 데 뚫

으라고 하는 소리도 아니야.

— 네, 죄송합니다.

— 내가 필요하면 경찰 불러줄까? 너 신고하려고 그러는

거 아니고.

— 아뇨, 죄송합니다.

재영씨에게 미안할 일은 아니다.

에쎄는 모기만 한 소리로 사과하고 편의점을 후다다닥

빠져나갔다. 그 후로 에쎄는 재영씨가 있는 편의점에 다시

는 오지 않았다.

IO
어떤 서명

편의점 결제 시 구매 금액 5만 원이 넘으면 손님이 직접 서명을 해야 다음 단계를 진행할 수 있다. 20대 후반에서 30대 초반으로 보이는 남성이 이렇게 사인해주었다.

— 서명해주세요.

^^

편의점 재영씨

II
고딩 지민

지민을 처음 보고 놀랐다.

계산대에서 물건 바코드를 찍고 있었을 때 소녀는 말했다.

— 이건 몇 번 먹었는데, 먹을 만했어요.

재영씨는 지민이 블루투스 이어폰을 끼고 누군가와 통화하는 줄만 알았다.

— 근데 제가 좋아하는 건 또 따로 있어요.
— 뭔데요?

우리의 대화는 그렇게 지민이 먼저 재영씨 다리를 걸어 시작되었다. 안다리걸기에 넘어졌던 날, 재영씨는 자신의 고등학생 시절이 떠올랐다.

지민처럼 대화하는 친구들은 대부분 왕따였다. 그런 친구들은 재영씨에게 말을 걸고 싶어했다. 당시 워크맨으로 93.1MHz를 들으며 야자(야간자율학습)를 할 때 선생님들은 음악 듣지 말라고 혼을 냈었다.

— 야, 너 이어폰 빼!
— 근데요, 그레고리안 성가 들어야 해요. 논술에서 이 내용이 나왔는데 들어봐야 뭔지를 알죠. 조금만 들을게요 선생님. 네?

그냥 "네, 알겠습니다" 하는 법이 없던 재영씨를 지민 같은 친구들은 좋아해줬다. 재영씨 주변의 친구들은 지민 같은 친구랑 말 섞지 말라고 진심 어린 충고를 해줬었다. 재영씨도 같이 왕따가 된다고 걱정까지 해주었다. 그 말을 듣고 재영씨는 친구들에게 물어봤다.

— 그럼, 쟤들은 누구랑 놀아?
— 혼자 놀라 그래.
— 꺼져줄래?

결국 친구들의 충고는 주술이 되어 재영씨도 은따(은근 왕따)가 되었다. 재영씨는 왕따가 아닌 왜 '은따'였을까? 그건 친구들이 재영씨를 무서워했기 때문이다. 대놓고 못 살게 굴기에 그녀는 어딘가 으스스한 느낌이 있었다.

— 재영아, 나랑 밥 먹어줘서 고마웠어. 가방 들어줄게.
— 가방 같은 소리하고 자빠졌네.
— 아, 왜?
— 내가 팔이 없어 뭐가 없어. 왜 내 가방을 느이가 들어 줘? 엉?
— 뭐 해주고 싶어서 그러지. 튀김말이 좀 사올까?
— 튀김, 살쪄!
— 그럼 뭐할까 나?
— 편지 써줘.
— 그럴까?
— 응.

왕따들은 은따 재영씨에게 우정을 고백하는 편지를 숱 하게 써서 노트에 끼워놓거나 책상 서랍에 깊이 숨겨두고 가곤 했다. 구구절절 자기 이야기가 그득그득했다. 그것 을 읽는 게 교과서를 읽는 것보다 더 재미있었다.

그 친구들이 지민으로 환생하여 재영씨에게 자꾸만 말을 걸어 넘어지게 한다. 넘어져도 엉덩이가 아프지 않은 고급 기술을 소녀는 쓴다. 천하장사 만만세!

편의점 재영씨

12
마포갈비 아주머니 1

— 첨엔 깍쟁인가 했어유.

— 네?

— 깍쟁이인 줄 알고 말 붙이기가 좀 저기했는디 겪어보
  니 좋아유.

— 저도 손님 좋아요.

그 후 그녀는 편의점에 들를 때마다 자잘한 일상을 들려
주곤 했다. 갈비 집에서 서빙과 설거지를 하는데 어느 날
은 바빠서 정신없었다고도 하고 안 바쁜 날에는 사장 눈치
가 보였다고도 했다. 바빠도 안 바빠도 고단하기만 한 일
상들. 언젠간 자신의 이야기를 들려주었다.

— 지가 갓 스무 살 됐을 때 스무 살 많은 눔한테 시집을

갔어유.

— 아저씨가 잘해주셨어요?

— 잘해주긴유, 개뿔. 술만 처묵으면 허구헌 날 패서 맞구 살았슈. 애덜 불쌍혀 참아감서 살았는디 나중에는 애덜이 대드니께 지 새끼들까지 때리구. 그래서 십 년 살구 헤어졌어유.

— 지금은 편하시죠?

— 편하구 말구유. 그 등신이 이젠 늙어 삭신 아프니께 딸래미헌티 돈 달라구 그러는가봐유. 것두 부녀지간이라구 끊으라 헐 수도 엄꼬.

— 아, 그러시구나. 아저씨 진짜 등신이다. 이렇게 좋은 분도 못 알아보고.

— 그쥬?

한겨울, 얄팍하게 입은 그녀가 추워보였다. 짙은 보랏빛의 도톰한 모직 후드 카디건을 드라이 맡겨, 모아둔 종이가방 중에 가장 빳빳한 것을 골라 접어넣었다. 벌어진 주둥이를 스테이플러로 찰칵찰칵 오므리는 것도 잊지 않았다.

그걸 들고 출근한 날 마포갈비 아주머니 언제 오시려나, 언제 오시려나 하며 그녀를 기다렸다. 새 옷이 아니라 싫어하시면 어쩌나 하면서.

― 오늘 엄청 춥네유?

― 그죠? 저 …… 이거 …… 소매가 짧아서 제가 못 입는
건데 혹시 괜찮으시면 일하실 때 편하게 입으시라고
가져와봤는데요.

― 아이구! 나 보라색 좋아해유! 고마와유. 잘 입을게유.

행여나 조금이라도 불편하실까 싶어 가시는 길에 한마
디 더 보탰다.

― 그거 김희애가 입고 나왔던 거라고 하더라고요?

― 아이구! 나 김희애 좋아해유.

3월에 그녀는 희끗희끗했던 머리를 자연스러운 갈색으
로 염색했다. 한가하던 눈썹 자리엔 매직처럼 까만 문신이
들어앉아 있었다. 달랑달랑거리는 귀고리를 흔들며 계산
대 앞으로 다가온 그녀에게 재영씨가 먼저 말을 꺼냈다.

― 요즘 왜 그렇게 이뻐지세요?

― 히히. 이뻐 보여유?

― 네에! 눈썹은 하신 지 얼마 안 됐나 보다.

― 딸내미가 야매루 잘하는 데를 알아내가지구 거가서

했슈. 이거 저거 할인이 돼서 싸게 했어유.

— 잘 하셨네요. 나도 할까? 눈썹 그리기 귀찮아 죽겠어
요 아주.

— 반영구라니께 낭중에 맘에 안 들면 다르케 또 함 돼유.

— 그렇게 자꾸 예뻐지시니까 보기 좋아요.

— 히히. 그래야 옆구리에 뭐라도 하나 착 달고 댕기쥬!
안 그류?

마포갈비 아주머니의 옆구리에 봄바람이 분다.

봄이 오긴 했나봄.

13
마포갈비 아주머니 2

마침 남자 손님이 계산을 하고 있을 때였다. 마포갈비 아주머니가 편의점에 들어왔다. 점점 예뻐지는 마포갈비 아주머니의 옆구리가 아직 휑하다.

— 아이구 여사님, 여기서 만나네그랴?

— 그러네유?

— 잘 지냈슈?

— 그르츄 뭐어.

— 날도 존디 워디 놀러나 가유 한번.

— 바뻐유.

— 그려도 노는 날이 있을 거 아녀.

— 있쥬. 근디 노는 날두 워째 우라지게두 바쁘네유.

— 번호 줌 알려줘봐유.

— 그대로유.

— 난 바뀐 줄 알았슈.

— 바뻐서 전화 받을 시간두 없슈!

— 잉…… 글쿠먼. 언제 함 고기 묵으러 또 갈게유. 그때
보믄 되긋네.

— 그짝 편허실 대루 허슈.

남자 손님은 매장에서 나갈 때 한 번도 인사를 한 적이
없었으나 그날은 우렁차게 "수고해유우!" 하고 나갔다.

— (고개를 절레절레 하며) 아휴, 저 냥반 워째 변하덜 않어?

— 왜요?

— 우리 가게 손님인디 고기 불판 갈아줄 때 슬쩍슬쩍 팔
목 잡고 그 지럴 허더니, 또 지럴허네.

— 옆구리에 뭐 하나 딱 붙이시겠다고 출사표 던지셨잖
아요. 아직 소식 없어요?

— 그게 영 내 맴대루 안 되네유.

— 저분은 싫으세요?

— 아유, 싫유.

— 왜요, 착해 보이시는데요. 돈 주고 받을 때 손 달달달
떠시는 거 빼고는.

— 풍끼가 있어 그려유.

— 풍?

— 저 냥반 누나도 풍 맞아서 입 돌아갔다데?

— 어머나! 전 술 많이 드셔서 수전증인 줄 알았어요.

— 남자고 여자고 건강혀야지. 워디 아프믄 못써유.

— 뭐, 아프고 싶어서 아픈가요.

— 건강해야 심도 쓸 거 아뉴!

14
엄지손가락 1

출근을 하니 오전 근무자였던 M이 아침에 경찰을 불렀
다 한다.

— 왜?

— 그 아저씨가 편의점 안에서 소주를 먹겠다고 해서요.

— 뭐?

— 안 된다고 하니까 욕하고 난리를 쳤어요. 이미 취한 상
  태로 와서는.

— 한동안 술 안 드시더니 또 드셨나보네.

그는 날마다 소주 딱 한 병만 사가는 손님이다. 그것도
참이슬만. 그래서 우리는 그를 '이슬람'이라 불렀다.

경찰 출동 이후 그는 더 이상 매장에서의 취식을 고집하

편의점 재영씨

지 않았다. 그러나 용량이 큰 종이컵을 사서 거기에 술을 괄괄괄 부어 가지고 나갔다. 공병값 100원은 늘 계산대 위에 두고 갔다.

─ 언니, 이슬람한테 오늘 피자 데워드렸거든요. 근데
  2＋1 한다고 나 하나 주시더라고요. 술만 안 먹으면
  참 착하신데 그 아저씨. 젭때 미안은 했는지 그 뒤로
  저한테 잘해주시더라고요.
─ 그랬구나. 난 그렇게까진 못해. 자기가 데워먹으면 되
  지 뭘 데워줘. 난 내꺼 먹기도 귀찮아. M도 참 착해서
  병이다.
─ 포장을 잘 못 뜯어요. 언니, 못 봤어요?
─ 뭘?
─ 이슬람 엄지손가락 없는 거.
─ 진짜?
─ 언니 몰랐구나?
─ 아휴 몰라. 난 술 냄새 나는 손님은 아예 얼굴 안쳐다
  봐서. 눈 마주치면 말 거니까 M도 그렇게 해. 그게 일
  하기 편해.

M의 말을 들은 이후에 재영씨는 이슬람을 찬찬히 살펴

봤다.

　나이는 60대 후반, 키는 165센티미터 내외, 몸무게 60킬로그램 안 넘음, 머리숱 적음, 전체적으로 비쩍 말랐으나 배는 복수가 찬 듯 볼록함, 오른손 엄지손가락이 없음, 그리고 푹 꺼지고 수척한 눈매.

　M이 그만두게 되어 그 후로 전자레인지에 뭘 데우는 건 재영씨가 하게 되었다. 그리고 그는 습관처럼 소주를 종이컵에 따로 담았고 빈병은 재영씨에게 건넸다.

　— 병 값 100원은 가져유.

겨울 어느 날.

　— 내 맴 알아줘서 고마워유.
　— 네? 제가 언제요?
　— 언제긴 언제여. 올 적마다 그러믄서.
　— 제가요?
　— 여그 또 누가 있대유?

싸락눈 내리던 날.

— 저기요.

검은 가죽으로 지퍼가 채워진 성경책을 가슴에 품고 있는 아주머니가 재영씨를 불렀다.

— 네?
— 우리 아저씨한테 술 좀 팔지 마세요.

(여긴 술집이 아니라 편의점입니다만.)

— 무슨 말씀이세요?
— 아니, 우리 아저씨가 여기서 맨날 술 사서 먹느라 지금 다 죽게 생겼어요!
— 여기 술 사가시는 아저씨가 엄청 많은데, 누구를 말씀하시는지 일단 모르겠네요. 그리고 저희가 손님들한테 뭘 사라 마라 그럴 수는 또 없는 입장이고요.

그녀는 갑자기 TMI(Too Much Information)를 줄줄 늘어놓기 시작했다.

아저씨란 사람과 혼인관계는 아닌데 어찌어찌 하다보니 같이 살고 있다고. 그런데 아저씨가 매일 술만 마신다

고 했다. 본인이 못 먹게 말려도 말을 안 들어서 속상하다
고. 그런데 그쪽 말은 잘 듣는 거 같다고. 그러니까 그쪽이
술 먹지 말라고 말 좀 하라고.

(어쩌라고?)

— 그건 아주머니께서 하실 일이지, 제가 할 일은 아니죠.
  댁에서 하셔야지 왜 여기 와서 그러세요?
— 그쪽 이야기는 잘 듣잖아요!
— 제가 뭐라 그랬다고 자꾸 그러세요?
— 소주 말고 막걸리 먹으라고 했다고 지금 막걸리 사오
  라고 하니까요!

(젠장!)

언젠가 이슬람이 매일 참이슬만 사는 것을 보고 드실 바
엔 차라리 증류보단 곡주가 낫지 않겠냐고 오지랖을 떨었
던 기억이 났다.

— 걱정 많이 되시죠?
— 아휴 내가 그래서 새벽예배, 수요예배, 금요철야까지

나가서 기도한다구요.

합심기도라도 해드려야 할 판이었다.

— 알았어요. 오시면 술 드시지 말라고 말씀드려볼게요.
— 고마워요. 그럼 마음 편하게 예배드리러 갈게요.

15
엄지손가락 2

한동안 이슬람은 편의점에 오지 않았다. 그렇게 새해가 되었다.

— 오랜만유.

(이슬람이다!)

— 어머, 오랜만에 오셨네요?
— 병원에 좀 있었슈.
— 어디 아프셨어요?
— 갈 때 다 되야서 그르츄.
— 에이, 무슨 말씀을 그렇게 하세요.

이슬람이 방긋 웃었다. 머리숱이 없어 그런지 애기 얼굴
같았다.

— 과일 뭐 달착지근한 거 없대유?

— 있어요. 오늘은 참이슬 안 사세요?

— 잉.

— 접때 아주머니 오셔서 술 사시면 말리라고 하셨거든
   요. 걱정 엄청 하셨어요.

— 흐흐흐흐. 그이는 걱정하는 게 일유.

— 아저씨 위해서 기도도 매일 하신대요.

— 하너님 좋아 그르지 나 좋아 그르는 거 아뉴.

— 여튼 과일만 사시는 거 맞죠?

— 잉. 나 저그 뭐여. 거 뭐여 거…… 포항 가유 인자. 아
   주 가는규.

— 포항이요?

— 잉. 거그에 울 아덜 살유. 포항제철 다뉴.

— 어머, 직장 좋은 데 다니시네요.

— 잉. 가믄 술 일절 못 묵어. 아덜이 뭐라 해싸서 클나유.

— 잘 됐네요.

— 그래서 내 인사 헐려구 와쓔.

— 그러시구나. 가서 건강하게 잘 지내세요. 서운하네요.

— 뭘 서운햐. 나 가믄 좋지 뭐어.

— 에이.

— 나헌티 웃어주구 그려서 고마웠어유.

이슬람은 다시 방긋 웃으며 떠났다.

2주 후.

편의점 밖에서 폐박스 정리를 하고 있던 재영씨를 이슬람 아주머니가 쓰윽 보고 지나갔다. 순간적으로 지나쳐 재영씨는 그만 뒤통수에 대고 인사를 해버렸다.

— 안녕하세요! 아저씨 포항에서 잘 지내시죠!

그녀가 고개를 돌리더니 방향을 틀어 재영씨에게 다가왔다.

— 그걸 그쪽이 어떻게 알아요?

— 접때 아저씨가 오셔서 말씀하시더라고요. 포항 아들네로 아주 가신다고요.

그녀는 재영씨의 얼굴을 빤히 바라봤다. 퉁퉁하던 얼굴
이 많이 까칠해져 있었다.

　— 저기요.
　— 네?
　— 저기 있잖아요.

아주머니 눈두덩이만 퉁퉁했다.

　— 무슨 일 있으세요?
　— 나 지금 아저씨 상 치르고 오는 길이에요.

　사람은 단 하루만 산다. 어제는 이미 없고 내일은 원래
없는 것.
　잃어버린 엄지손가락 만나러 아저씨 먼 길 떠났나보다.

16
고래가 그랬대

— 고래: 내가 그 사람 냄편 되는 사람유!

— 재영: 아 그러세요? 무슨 일 있으셨어요?

— 고래: 아니! 밤에 일하는 여자애 말유, 뭔 말만 허믄
씹구 말여, 잉? 또 물어보믄 구찮은 드시 성의 읎이 알
려주구 말여, 잉?

— 재영: 아, 그러셨어요?

— 고래: 그류! 마누라가 한국말이 아직 입에 안부터서
좀 그를다구 사람 무시히는 거 아뉴! 잉?

— 재영: 그럼요!

— 고래: 집에 와서 워찌나 울고 불고 허는가 일 끝나자
마자 온규! 잉?

— 재영: 그러셨구나. 죄송해요 고래고래 선생님.

— 고래: 아가씬가 아즘만가 몰곳네? 잉?

편의점 재영씨

— 재영 : 아줌마 같은 아가씨예요. 히.

— 고래 : 잉…… 그류. 아가씨가 잘못한건 없구유. 그람 아가씨가 사장헌티 말 좀 해줘유. 잉?

— 재영 : 그럴게요. 그 친구가 그럴 사람은 아니긴 한데…… 일단 양쪽 이야기를 들어봐야 하니까요. 어떤 말씀이신지 잘 이해했습니다.

재영씨가 일하는 편의점의 경우 싸가지 없는 근무자는 일을 할 수 없다. 점주의 경영철학 가운데 하나가 '일은 좀 못해도 싸가지 없는 것은 안 된다'이기 때문이다.

여하튼 고래가 그랬다는 이야기를 점주에게 전달한 후 야간 알바 U의 말을 다시 전해 들었다.

— U : 저는 그런 적 없어요. 뭐 찾아 달라면 가서 다 찾아주고요. 한국말을 잘 못해서 더 신경써드렸는데 왜 그러신대요? 억울해요 저.

점주와 재영씨는 이를 두고 어떻게 판단해야 할지 난감했다. 눈으로 확인한 게 아니다보니 더욱 그랬다. 점주는 이런 경우 근무자 입장을 우선적으로 생각해주었다.

— 접주: U에게는 손님에게 책잡힐 일 혹시라도 하지 말
라고 일러뒀어요. 근데 제 생각엔 고래고래 선생님 와
이프가 자격지심이 있어 그런 것 같네요. 혹시라도 그
손님 또 오면 재영씨가 죄송하다고 하지 마시고요, 저
한테 말하라고 하세요. 바로 전화 주시고요. 그리고
다른 걸로 트집 잡고 그러면 그냥 나가라고 하세요. 그
런 사람들은 오히려 안 오는 게 더 좋아요.

재방문은 없었다. 그러나 고래고래 선생님 와이프와 U
사이에 있었던 일에 대해 재영씨는 시간이 많이 흘렀음에
도 여전히 결론을 내지 못했다.

편의점 재영씨

17
사투리 효과

안녕하세요?

얼마입니다.

담아드려요?

적립이나 할인 있나요?

안녕히 가세요.

재영씨가 하루에 170번 정도 반복하는 인사다. 한 달에 20일, 5년으로 환산하면 대략 20만 번을 반복 중인 것이다. 20만 배를 무릎 아닌 입으로 갈음해도 되는 걸까?

재영씨는 편의점 근무 5개월 차 때부터 신입 알바 교육을 했고 점주가 새롭게 오픈한 타 매장에도 교육을 갔다. 명절이면 떡값도 챙겨주는 점주의 사업이 잘 되었으면 하는 마음이 컸다.

— 처음이라 일이 낯설 거예요. 예상치 못한 실수도 할 거 고요. 그래도 괜찮아요. 그냥 인사만 잘하세요. 그게 중요해요.

20대 친구들은 이 말을 건성으로 듣곤 했다.

— 내가 방금 뭐랬쓔? 잉?

신입들은 대부분 아, 뭐야? 이런 표정을 지은 후 어이없어하며 웃었다. 사투리는 교육 효과에 직방이었다. 근무자들은 하나같이 인사를 잘했으며 오랜 기간 일했다.

편의점 재영씨

18
페니점 1

퍽 친절한 손님이 있었다. 그는 두 손 가득 물건을 든 채 휴대폰을 귀에 대고 어깨로 받치고 다가왔다. 재영씨가 그의 신용카드를 받아 리더기에 직접 꽂아주었다. 그러면서 전화 통화 내용을 본의 아니게 듣게 되었다.

— ○○○이가 당선 되야부러서 디져불겠다고……?
— 블라블라 1
— 나라고 앙 그런가잉.
— 블라블라 2
— 워어메! 남사시러서 나가 모쌀굿네잉.
— 블라블라 3
— 손님, 결제 끝났습니다. 카드 챙겨 가세요.

카드를 빼며 그는 웃음을 지었다.

— 아유, 고맙습니다. 밤에 일하기 힘드시죠? 고생하십
   쇼, 그러엄.

재영씨에게 머리 숙여 인사까지 했다.

— 블라블라 4
— 여그? 페니점!
— 블라블라 5
— 페니점! 자네 페니점 모른당가?

19
김 병장

재영씨가 살고 있는 동네에 '다있슈'라는 마트가 있다. 어느 날 '다있슈'가 떠나가게 누군가 소리 질렀다.

— 야이 쉐끼덜아!

장을 보고 있던 재영씨는 화들짝 놀라 두리번거렸지만 소리의 근원지는 보이지 않았다. 마트에 울려 퍼지는 소찬휘의 「티어스tears」고음에 맞춰 그 목소리는 또다시 쇳소리를 냈다. 재영씨는 재빨리 얼터너티브 록밴드 너바나의 「Smells like teen spirit」을 플레이시켜 이어폰으로 귀를 막았다.

계산하려고 줄 서 있는데 가까운 곳에서 커트 코베인의 목청을 뚫고 그 목소리가 또 록 스피릿 그로울링을 내질렀다.

— 이 쉐꺄! 저 쉐꺄! 인마! 얌마! 짜샤!

뒤를 돌아보니 도레미파솔, 이렇게 다섯 명의 아이가 쪼르륵 서 있고 '라' 자리에 그 목소리의 주인공은 다리를 벌리고 허리에 손을 얹은 채 서 있었다. 그는 작은 키에 퉁퉁한 체형이었고 반바지 아래로 보이는 장딴지 근육은 돌덩어리를 연상시킬 만큼 단단했다. 입이 거친 것에 비해 다리털이 하나도 없는 게 왠지 불균형해 보였다. 마스크로 가려지지 않은 주근깨 가득한 피부. 특히 가늘고 긴 눈은 개그우먼 김신영과 비슷했다.

그들은 눈에 띄었다. 검정 힙색을 가슴에 크로스로 맨 그와 도레미파솔은 하나같이 헤어스타일이 쇼트커트에 군복 디자인의 옷을 입고 있었기 때문이다. 일명 '깨구리복'의 사복 버전이라고 해야 할까. 게다가 '솔'은 중학생으로 보이는 여자아이였다.

계산할 차례가 되있는데 직원이 재영씨에게 턱으로 그들을 가리키더니 물었다.

— 일행이세요?
— 아녜요!

재영씨는 서둘러 마트를 빠져나왔다.

편의점 첫 출근 날, 아파트 입구에서 그를 봤다. 그날도 그는 '깨구리복'을 입고 있어서 재영씨는 그를 '김 병장'이라 부르기로 했다.

김 병장은 매일 레종 블랙 담배를 두 갑씩 샀고 소주 공병 30병을 너끈히 들고 와 현금으로 바꾸어 갔다. 그리고 재영씨가 출근하는 시간에 맞춰 저 멀리서 나타나곤 했다.

(아는 척하지 마, 하지 마.)

— 안녕하셔유!
— (다소곳하게) 네에.

(더 말하지 마, 말하지 마.)

— 인제 출근하셔유?
— (얌전하게) 네에.

(가까이 오지 마, 오지 마.)

— 고생하셔유!

— (참하게) 네에.

(고생하든 말든 상관하지 마, 상관하지 말라고!)

도레미파솔을 인솔하며 늘 '야이 쉐끼덜'을 입에 달고 사는 그의 아내는 그에게서 탈영했는지 보이지 않았다. 도레마파솔 가운데 '도'는 초등학교 저학년 사내아이였는데 편의점 매장을 뛰어다니기 일쑤였고 그 아이가 뛰면 나머지 형들 '레미파'는 와글와글 떠들었다. 중학생 여자아이 '솔'은 재빨리 동생들을 잡아다 김 병장 앞에 일렬횡대로 세워놨다. 그들에게 편의점은 말 그대로 PX였다.

— 야이 쉐끼덜아! 밖에 나오믄 얌전하게 행동하라구 그렸어 안 그렸어?

'레미파솔'은 애꿎은 바닥만 쳐다보았는데 '도'는 그를 빤히 쳐다보며 눈을 끔뻑였다.

— 근데, 고모!
— 왜 그랴!
— 나 젤리 하나 사도 돼?

— 뭐여, 젤리? 니는 자꼬 살이 쪄서 이젠 좀 작작 처묵어
   야 혓!

(뭐시라? 고모라고라고라?)

그러니까 김 병장은 도레미파솔 아버지의 누나나 여동
생이라는 거다. 삼촌이 아닌 적어도 고모라면 말이다. 김
병장이 꿀 보직 중인 재영씨에게 다가왔다.

— 아유, 시끄럽게 해서 죄송혀유! 애새끼덜이 하두 삼혀
   서 그류.
— 애들이 다 그렇죠 뭐.
— 흐흐흐…… 그래두 지가 소리 한번 꽥 지르믄 금방 말
   은 잘 들어유! 얼마 못 가 그게 문제쥬.
— 네에. 저기 근데…….
— 뭬?
— 저기…… 애들 고모세요?
— 아 뉘. 얘덜 울 오빠 자식덜유!
— 아, 그렇구나.
— 넘들은 지가 엄마인줄 알유! 흐흐흐.

(미안, 남들은 아빠 줄 알아.)

— 아네, 호호.

— 지가 결혼을 안 해봐서 애덜헌티 어뜨케 해야 허나 잘 모르게쓔. 그래서 걍 일단 소리 질러유. 머리덜이 커지니께 지들 맘유 아주.

— 아, 그러셨구나.

그들이 가고 재영씨는 멘붕이 왔다. 김 병장이 고모라는 현타가 오기까지는 그러고도 한참의 시간이 걸렸다. 여름이 지나고 초가을께 김 병장은 치맛단에 레이스가 있는 원피스를 입고 심지어 머리띠까지 장착한 채 나타났다.

(외박이야? 휴가야?)

— 오셨어요, 고모님?

— 뉘, 레종 블랙 두 갑유!

— 오늘 어디 가시나 봐요?

— 흐흐흐…… 그게유…… 울 오빠가…… 저기…… 남자 줌 소개시켜준다고 해서유.

편의점 재영씨

(건투를 빈다. 김 병장!)

그렇게 신경쓰고 소개팅에 나갔던 김 병장은 한동안 보이질 않았다.

(이참에 전역했나?)

낙엽 지던 늦가을 김 병장이 나타났다. 아파트 입구를 중심으로 북위 37도 14분 22초, 동경 131도 52분 08초, 재영씨의 동남향 130미터 2시 방향이었다. 목에는 컬러 좌표 2.5GY 3/4, K값 #53634 그러니까 국방색 수건을 칭칭 동여매고 지리산 샘물 수통을 쥔 채로. 한파가 닥친 한겨울에도 깔깔이에 인민군 털모자를 뒤집어쓰고 김 병장은 밖으로 나왔다.

(어디 훈련 가?)

눈발이 사방에서 몰아치던 어느 날도 김 병장은 아랑곳하지 않았다.

(행군해?)

— 고모님! 눈이 너무 많이 와요. 편의점으로 들어와요.
  빨리요!

— 괜찮유! 더워유 더워!

— 그러다 죽어요. 얼른요!

— 살려고 하는규!

(와서 보급품 챙겨 가.)

　그렇게 몇 개월을 하루도 빠짐없이 두 주먹 불끈 쥐고
김 병장은 걸었다. 아파트 단지를 수없이 돌고 또 돌았다.
일기예보에서 올 겨울 들어 가장 추운 날이라고 한 날도
입김을 에너지 삼아 자신과의 싸움을 하는 김 병장이 재영
씨는 존경스러웠다. 무엇보다 김 병장의 표정이 환해졌다.

(말뚝 박을라고?)

　꽃샘추위가 왔을 때, PX에 들른 김 병장에게 용기 내어
나이를 물어봤다.

— 왜유?

— 저랑 비슷해 보여서요.

재영씨보다 한 살이 어렸다. 친해지고 싶다고 했었어야 했다. 존경스럽다고 말했어야 했다.

어쩌다 처녀가 오빠의 다섯 아이를 돌보는지 레종 담배를 하루에 두 갑씩이나 진짜 피는지 어디서 그 많은 소주 공병을 가져오는지 왜 '좀머씨'처럼 쉬지 않고 걷는지 재영씨는 알지 못한다. 그리고 그녀는 여전히 조카들에게 '야이 쉐끼덜아'를 입에 달고 산다. 그런데 그녀가 그냥 좋아졌다, 김 병장이.

한편, 김 병장을 따르는 여인이 있었으니 재영씨는 그녀를 '볼 빨간 아주머니'라 불렀다.

20
볼 빨간 아주머니

그녀와의 첫 만남은 썩 유쾌하지 못했다.

카스 병맥주 공병 30개를 담아온 20리터 종량제 봉투를 그녀는 바깥에 내던지듯 두고 편의점 안으로 들어왔다.

— 나 사우나 갔다 올 거니까 저거 봉투는 이따 좀 챙겨주고…… 병 값도 그때 받을 거예요!

(왜 그렇게 하지? 한 번에 가져가면 더 편할 텐데?)

— 네, 그러세요.

젖은 머리카락을 하고 들어온 그녀는 혈액 순환이 잘 되었는지 얼굴이 빨개져 들어왔다. 오는 길에 장을 봤는지 묵직한 비닐봉지를 손님들 물건 담으라고 비치한 바구니 위에 턱 올려두곤 냉장고 쪽으로 또깍또깍 걸어갔다. 롱스커트를 입었음에도 부러질 듯한 가느다란 다리가 기운 달려 보였다. 그녀의 불룩한 배를 지탱해주기에는.

(만삭이라 힘들겠다. 늦둥인가보네.)

그녀는 카스 병맥주 2병과 담배를 사갔다.

(설마 자기 것을 사는 건 아니겠지?)

몇 시간 후 그녀는 얼굴이 더욱 새빨개져 들어와 병맥주 한 병과 육포를 더 사갔다.

(아니 어쩌려고!)

달이 차고 기울어도 그녀의 출산 예정일이 잡히지 않는 걸로 보아 그것이 똥배였다는 것을 깨달을 수 있었다. 웬만해선 빠지지 않는다는 바로 술 똥배!

그녀는 늘 더워했다. 아니 뜨거워하는 것만 같았다. 그럴 때마다 맥주로 달래다보니 더 뜨거워지고 그러면 또 맥주를 찾고…… 피곤하니까 사우나 가고…… 갈증 나니까 다시 맥주 사고…… 그러다보니 늘 볼이 빨갰다. 갱년기가 그녀를 알코올 중독자로 만든 것만 같았다. 이런 패턴이 매일 반복되었다. 무엇보다 그녀가 외로워 보였다. 재영씨는 그녀가 오면 알아서 빈 병이 담긴 종량제 봉투를 챙겨 놓고 병 값도 따로 빼두고 바구니에 물건을 올려두면 쪼르륵 가서 다른 곳에 모셔두었다. 볼 빨간 아주머니는 재영씨 길을 잘 들였다는 생각에 흐뭇해했다. 그리고 그 무렵부터 재영씨에게 말을 걸기 시작했다.

— 우리 신랑이 이 맥주 없으면 못 살아서요.
— 그러세요?

알코올 중독자는 술 마시는 것에 대한 죄책감이 있어 이를 숨기려는 경향이 있다는 것을 오래전 학교에서 배운 게 생각났다.

— 염색하기도 아주 귀찮은데 흰머리 때문에 안할 수도 없고…… 오십 되면 이렇다니까요.
— (화들짝) 40대 아니세요?
— 하하. 에이 넘어갔지 40대.

― 안 그래 보여요.

― 하긴 내가 좀 동안이긴 해요. 하하하!

실제로 그녀는 전체적으로 동글동글한 인상이라 동안이다. 빨갛지 않으면 얼마나 좋을까 했다. 볼 빨간 아주머니와 만난 시간이 길어질수록 그녀가 갱년기면서 사춘기가 아닐까 하는 생각이 들었다. 감정의 기복, 짜증, 이기적인 특성이 비슷했다. 성장과 소멸 과정에서 오는 일종의 환절기랄까. 그래서 근무자들은 모두 볼 빨간 아주머니를 무서워하거나 싫어했다. 이런 손님을 편의점에서는 '진상 손님'이라 한다.

― 아휴! 신경질 나!

― 왜요? 무슨 일 있었어요?

― 아니 …… 주말에 언니 시간에 일하는 애 있잖아. 걔 너무 맘에 안 들어.

― 어떤 것 때문에 그러세요?

― 뭐만 말하면 딱딱거리고 말이야!

― 호호. 그 친구가 좀 그래요. 사람이 뭐 다 내 맘 같나요.

― 근데 언닌 맘에 들어.

― 호호. 그럼 금요일에 필요한 거 싹 사가세요. 주말에

91

나오셔서 스트레스 받지 마시고요.

— 그럴까봐요. 하튼 걔 친절하게 일 하라고 사장한테 말
  좀 전해줘요.

— 네, 그럴게요. 기분 나쁘셨으면 죄송해요.

— 언니가 사과할 건 아니고.

— 그래도요.

(화내면 얼굴이 빨갛게 부풀어서 터질지도 몰라요. 그러니까
화내지 마요.)

그때 밖에서는 김 병장이 아파트 단지를 연병장으로 여
기며 돌고 있었다.

— 아니, 저 미친놈은 저 땡볕에도 나와서 걷네? 가을볕
  이 얼마나 뜨거운데!

— 아가씨예요.

— 뭐?

— 남자 아녜요.

— 남자가 아니라고?

— 네.

— 어머머마머머머머 …… 세상에 …… 어머어머 …….

— 저도 처음에 좀 놀랐어요.

— 애들도 줄줄이 있던데?

— 조카들예요.

— 어머어머…… 남자같이 생겨서 조카들 달고 다니면 어디 시집이라도 가겠어?

— 결혼하기 위해 사는 건 아니잖아요.

— 그치…… 그래도 남자를 만나야지. 여자는 남자를 만나야 해!

그러고는 재영씨를 흘겨보고 나갔다.

어느 날 김 병장과 50미터 거리를 두고 목에 수건을 건 채 양쪽 팔을 열심히 번갈아 움직이며 걷는 볼 빨간 아주머니를 봤다.

(입대했나?)

김 병장의 힙색도 볼 빨간 아주머니의 핸드백도 걷는 데 성가셔 보여 재영씨는 자처해서 가방모찌 노릇을 했다.

— 가방들 줘요! 제가 맡아줄게요! 편의점 이러라고 있는 거죠!

입춘 무렵, 김 병장도 볼 빨간 아주머니도 쓸데없는 살들이 빠지기 시작했고 둘 다 발랄해지기 시작했다. 특히 볼 빨간 아주머니의 성질이 점차 누그러지고 한결 부드러워지기 시작했다.

— 이거 먹어봐요.

— 대추네요?

— 튀긴 건데 그냥 대추가 아니야.

— 그럼요?

— 북한에서 온 거야.

— 어떻게요?

— 나 아는 언닌데, 북한 사람이야. 거기서 중국이랑 한국 오가며 장사를 하다가 한국 브로커랑 눈 맞아서……
아예 여기서 결혼하고 살아. 그래도 거기 왔다 갔다 하면서 이런 거 유통하면서 먹고살거든.

— 왔다 갔다 할 수가 있어요?

— 그럼! 남편이 브로커니까 더 편하겠지!

— 그럼…… 북에 남은 가족은요?

— 큰애는 즈이 엄마한테 온대서 지금 중국에서 대기 중이고 작은 건 즈이 아빠랑 살겠다고 해서 거기 있어.

— 거기 남편은 어떻게 해요 그럼?

편의점 재영씨

― 뭘 어떡해? 언니가 벌어다 준 돈 따박따박 받아가면서

잘 살지. 살다보면 그런 거야.

― 아…… 네…….

― 이거 좋은 거야. 먹어봐.

― 네, 고맙습니다. 잘 먹을게요.

살다보면 그런 거란 말에 대추도 볼이 더욱 붉어졌다.

추위에도 매화는 꽃을 피웠다. 봄은 왔으나 재영씨는 코
로나인 듯 코로나 아닌 코로나 같은 것이 와서 추위에 떨
었다. 자가 키트 검사 결과가 음성임에도 열흘 동안 앓아
누웠다. 대추를 씹어 먹을 힘조차 없었다. 집에서 굴러다
니고 있었는데 카톡으로 점주와 동료 근무자들의 안부 톡
이 왔고 저마다 볼 빨간 아주머니가 재영씨를 걱정하고 또
보고 싶어한다고 말해줬다. 그러니 빨리 나으라고.

볼 빨간 아주머니는 재영씨를 길들였을지 모르겠지만,
재영씨는 그녀를 정들였다. 아픈 와중에도 웃음이 났다.

21
김 병장은 위버맨쉬*

남자인 줄 알았다가 여자였던 김 병장, 재영씨의 위버 man she!

그녀가 문을 열면 저절로 레종 블랙 담배 두 갑에 손이 갔다. 그러면 그녀는 카드를 리더기에 꽂아준다. 대부분의 손님과 재영씨의 담배 루틴이다. 그 짧은 시간 속에서 손님들과 폭설 2번, 장미 3번을 함께 보았다.

― 장미 폈슈!
― 그니까요.

* 위버멘시Übermensch: 위버멘시는 니체 철학의 용어다. 한국어로는 흔히 '초인'으로 번역되지만, 아예 인간을 벗어난 초능력자 등과 오인될 가능성이 있기 때문에 단어 그대로 옮겨 쓰는 경우도 있다.

편의점 재영씨

— 시간 빨러유.

— 제 말이요.

세월은 우리 대화 길이를 단축시켰다.

명命도 그럴 것이다.

위버 man she에게서 장미향이 났다.

22
딸내미 1

　골골대다 열흘 만에 출근했다. 볼 빨간 아주머니가 마스크 속에서 '끔'을 되새김질하며 반가워했다.

— (질겅질겅 딱딱) 으이그, 걱정했네. 아플 땐 더더욱 남자가 있어야 해. 아휴, 코로나 지겨워 지겨워!

— 집이랑 편의점만 왔다 갔다 하는데 이게 뭔가 싶어요. 손님도 몸조심하세요.

— 그래, 그래야지, 에혀 난 올 신랑 밥이나 하러 가야겠네. 갈게!

　그녀가 나감과 동시에 두 소녀가 들어왔다.

— (합창) 으아, 재영띠!

편의점 재영씨

소녀들이 우다다다 달려와 재영씨 허리를 감싸 안았다.

— 재영띠! 어디 갔었어! 없어서 놀랐어 우리!

— 아팠어 나.

— 코로나 걸렸었어?

— 몰라, 그냥 아팠어.

— 이제 괜찮아?

— 응.

— 다행이다. 근데 포켓몬빵 언제 들어와?

— 발주가 안 되네?

— 발주가 뭐야?

— 음…… 포켓몬빵 시키는 거. 시켰는데 요즘 사람들이
  너무 많이 찾아서 안 들어온대.

— 힝…… 알겠어. 우리 학원 갈게! 인제 어디 가지 마,
  알았지?

— 그래 알았어. 잘 가!

아이들은 열두 살 된 '나현'이와 '율'이다. 편의점의 어린
손님이다.

언젠가 점주가 그녀를 '재영씨'라고 부르는 걸 듣고는
그때부터 아이들도 그녀를 '재영띠'라고 부르기 시작했다.

나현이는 매장에 오면 셀카를 찍어 남친에게 전송하는 데 정신 팔려 있고 율이는 재영씨에게 연애걸기 바빴다. 둘의 공통점이 있다면 손님이 있을 때는 얌전히 물건 고르는 척하다가 셋만 남으면 난리법석을 핀다는 것. 둘이 떠들면서 뛰어다니면 정신 사나웠다. 아이들이 크려면 얼마나 걸릴까 싶었다.

— (우다다다다) 꺄! 으아아아악! 꺅꺅! 끼약!

하루는 아이들이 작당모의를 하고 온 모양이었다. 어떤 남자 손님 계산을 하고 있었는데 둘이 서로 눈짓을 하더니 합창을 했다.

— 우리 엄마예요!

(미쳤나 이것들이!)

— 어어, 그래.
— 흐허허허허허! 애들이 자꾸 장난을 치네요.
— 엄마! 우리가 언제 장난쳤다고 그래? 밖에선 이모라고 할까? 엄마?

편의점 재영씨

손님이 피식 웃었다.

— 죽을래? 느이들?
— 으하하하하하!

손님은 계속 피식거리며 수고하시라는 말을 남기고 나
갔다.

— 느이들 뭐야? 무슨 엄마야 또?
— 재영띠가 좋으니까 그렇지.
— 우리들 엄마 하는 거 싫어?
— 싫그든!
— 흥, 실망이야. 슬퍼!
— 칫! 엄마가 싫음 이제 할머니라고 부를 거야!
— 됐그든!
— 으하하하하하!
— 근데 재영띠, 여긴 왜 남자들만 와?
— 응? 아닌데?

아니긴 개뿔. 율이 말이 맞았다. 낮에는 주부들이 주로
오는데 저녁엔 퇴근길에 들르는 남자 손님이 상대적으로

많았으니까. 아이들이 낮에는 학교에 있고 학원 가기 전후 저녁에만 오니까 그렇게 생각할 수밖에 없었다.

— 아니긴 뭐가 아냐? 여태까지 다 남자잖아. 저거 봐 또
　들어오잖아. 다 재영띠 보러 오는 거라고!
— 너 어디 아프냐?
— 응, 마음이.

율이는 두 손을 포개어 제 가슴에 얹었다.

— 마음은 또 왜?
— 재영띠를 매일매일 못 보니까! 진짜라고!

방금 들어온 손님 계산할 때도 아이들은 재영씨가 엄마 라고 합창을 했다.

— 느이들 진짜 이럴 거야?
— 어!
— 왜 남자 손님들만 오면 안 돼?
— 안 돼!
— 왜 안 돼?

— (재영씨 팔짱을 슬며시 끼며) 내가 재영띠랑 결혼할 거라 안돼!

— 뭐? (헛웃음) 나 너랑 안 할 건데?

— 왜? 나 싫어서 그래? 실망이야.

— 아니.

— 그럼?

— 율이가 결혼하려고 할 때 재영씨 할머니 되니까 그렇지. 그래도 좋아?

— 괜찮아. 우린 할머니 돼도! 그건 걱정 마. 내가 빨리 크면 돼. 조금만 더 크면 되니까 기다려봐. 이제 거의 다 컸거든.

— 브라자도 안 했으면서 뭘 다 컸대?

— 악! 이제 우리도 할 거라고!

— 하고 나면 그때 결혼 이야기 하자고. 응?

잊을 만하면 나타나는 저것들!
어떤 하루는 율이만 왔다.

— 밤톨이 왔어?

— 재영띠, 왜 밤톨이래 나한테?

— 네 이름 뜻이 밤톨이거든.

— 정말?

— 응! 아빠랑 엄마한테 한번 물어봐.

— 아빠 집에 안 들어와.

— 그럼 엄마한테 물어보면 되겠네.

— 엄만 맨날 내가 잘 때 와.

— ……야, 너 머리 감았어?

— 아니.

— 에휴, 옷에 떡볶이 국물도 흘렸네.

— 괜찮아. 나 맨날 이래.

— 집에 가서 얼른 씻어.

— 나 재영띠가 머리 감겨주면 좋겠다.

— 네 머린 네가 감아야지 뭔 소리야. 빨리 가서 씻고 와.
  에휴, 머리 떡진 거 봐. 앗 더러워.

머리를 몇 번 긁적이더니 율이가 시무룩하게 말했다.

— 집에 가기 싫어 나.

— 왜.

— 큰언니가 저쪽에 있는 짜장면집이랑 결혼을 했는데
  언니가 없어지니까 오빠가 자꾸 때려 막.

— 어딜 때려?

104   편의점 재영씨

─ 주먹으로 배를 막 쳐.

─ 또 딴 데는…… 안 건드렸어?

─ 으응.

─ 왜 때리는 거야, 오빠가?

─ 몰라, 지가 그냥 화나면 그래.

─ 오빤 몇 살인데?

─ 음…… 중2? 중3이던가 그래.

─ 그럴 땐 말이야, 오빠한테 하지 말라고 소리 질러!

─ 그럼 더 때린단 말이야!

─ 후…… 그럼 그동안 어떻게 했어?

─ 뭘 어떻게 해. 그만할 때까지 참아야지.

억장이 무너진다는 게 어떤 것인지 열두 살 소녀가 가르쳐주었다.

─ 이젠 참지 말고 오빠가 만약에 또 때리면 신발 안 신어
    도 괜찮으니까 집에서 가까운 경찰서로 막 뛰어가. 가
    서 아저씨들한테 도와달라고 해. 오빠가 때린다고, 무
    섭다고 말해. 알았어?

─ 경찰서 어디 있는지 몰라 나.

─ 그럼 편의점으로 뛰어와. 나 없어도 다른 언니 오빠들

한테 경찰 아저씨 빨리 불러달라고 해. 오빠가 때린다
고, 무섭다고 알았어?

— 응. 근데 신발 안 신으면 발 더러워지잖아.

— 너 머리도 잘 안 감으면서 발 좀 더러워지면 어때? 씻
으면 되지. 그래, 안 그래?

— 하긴. 그래, 알았어.

— 내가 한 이야기 나한테 설명해줘봐.

— 오빠가 때리면 …… 편의점 …… 경찰 아저씨 …… 끝!

— 잘했어!

— 재영띠.

— 응?

— 나중에 울 언니네 짜장면 먹으러 꼭 와. 내가 단무지
많이 줄게!

— 그래!

— 재영띠가 울 엄마면 좋겠다.

깎아놓은 듯한 밤톨의 볼을 쓰다듬어주었다.

23
딸내미 2

율과 나현이가 왔다. 지치지 않고 포켓몬빵을 찾는다.

— 그거 맛있어?

— 빵은 버릴 거야.

— 빵인데 빵을 버리면 어떡해?

— 거기에 있는 스티커 때매.

— 그 스티커 예뻐?

— 아니.

— 근데 왜?

— 그거 다 모으면 1000만 원 준대.

— 누가?

— 포켓몬 회사에서.

포켓몬 괴물들이 딸내미들을 꼬셔버렸다.

— 나현이는 남친이랑 잘 지내지?

— 아니!

— 왜?

— 헤어졌어, 우리.

— 왜?

— 몰라. 근데 나 지금은 새 남친 생겼어.

— 나현이 얘는 남자애들이 좋아해.

— 넌?

— 난 그냥 그래.

— 재영띠! 근데 전 남친이 자꾸 전화를 해.

— 뭐라고 그러는데?

— 몰라. 전화 안 받았어.

— 네가 한번 해보지 그래.

— 헤어졌는데 전화하고 싶겠어요! (버럭)

연애에 젬병인 자신보다 딸내미가 낫다고 재영씨는 생
각했다.

편의점 재영씨

24
니모의 미역국

— 니모!

(뭐?)

— 니이모!

워크인(음료가 진열되어 있는 편의점 냉장고) 안에서 팔려 나간 음료를 채우고 있다가 손님이 부르고 있다는 것을 알 아차렸다.

— 잠시만요!
— 니모, 에쎄 라이쯔 두 갑!

이분은 이모를 '니모'라고 부르는 생선구이 전문점 주방 왕언니다. '니모'라고 하니 르네 마그리트의 「어인공주」(원제 '집단적 발명')가 떠올랐다. 그래서 재영씨는 이 왕언니를 디즈니 「인어공주」의 바다 마녀 '어설러'라 부르기로 했다.

지난여름.

— 니모, 일로 쫌 와봐!
— 네?
— 일로 쫌 와보라니께.

재영씨는 계산대에서 빠져나와 '어설러'에게 슬며시 다가갔다. 갑자기 치마바지를 냅다 잡아당기는가 싶더니 어느새 허리춤에 손을 넣고 여기저기 진맥을 짚었다. 이윽고 치마바지 품평을 시작했다.

— 아이고메, 천이 션하니 좋네잉. 허리두 꼬무쭐이라 편하겄어. 그쟈? 니모?
— 예.
— 기장도 질어서 일할 때 아조 편하긋네. 딱이의!

— 예.

— 이건 뭔 천이여?

— 린넨이요.

— 요로콤한 거 찾아싸도 통 안 뵈드만 여가 있고마잉?

— 예.

— 니모, 워디서 샀능가?

— 홈쇼핑이요.

— 잉…… 난 전화해싸코 어쩌고 하는 건 딱 질색여. 내
가 돈 줄팅게 그늠이랑 아조 똑같은 늠으로 쫌 사다 줘.

— 예, 근데 입으시면 기장이 좀 길 수도 있는데 괜찮으시
겠어요?

— 안 질어! 나한테 딱이의, 딱!

여름 내내 '어설러'는 그 치마바지를 드레스마냥 잘 입
고 다녔다. 가히 '어설러'라 불릴 자격이 있었다. 그 후로
재영씨는 가을, 겨울옷을 홈쇼핑에서 구매 후 되팔기를 수
차례 했다.

3월.

— 니모, 나가 복장 터져 죽겄어 아조!

— 식당에서 무슨 일 있었어요?

— 아니, 거시기 시누이논 땜시 나가 환장해불겄네.

— 왜요?

— 아니 그논이 사정이 생겨 지끔 우리 집에 있는디, 니미!
    기가 멕혀서……

니모, 어인공주로 변신할 타임이다.

— 울 신랑허고 아침에 크피를 먹는디 고개를 요로콤 쳐
    들고선 요러는 거시여. "둘만 묵으믄 맛있당가?" 그려
    서 나가 "그럼 신랑허고 묵는디 안 맛있당가?" 했드니
    "언닌, 참말로 잘났구마잉!" 아, 그러는 것이여! 니미,
    아침부텀 뭔 지럴이여! 잉?

— 하하하! 그러게요. 그분 왜 그래요?

— 나가 워찌 안당가? 시집와서부텀 그 지럴허드니 다 늙
    어빠져서도 그 지럴여.

3월 중순.

— 니모, 두 갑! 아니 걍 한 보로!

— 시누이분은 가셨어요?

— 니미, 나가 근 한 달을 그눈 뒤치닥거리 하느라 뱃골이
  빠져부는 중 아랐드만 아 글씨, 집으루 가선 시엄니헌
  티 내 욕을 한 거시여!

— 어머, 뭐라고요?

— 언니가 불편하게 했다고 요 지럴했는지, 시엄니가 워
  찌나 뭐라 해쌌는지.

— 어흐 서운하셨겠다.

— 나가 워치케 했는디, 잉? 시엄니도 그르시는 거 아니
  제에 암만!

— 오해가 있음 푸셔야죠. 억울하잖아요. 가족이니까 화
  해하세요, 걍.

— 딸 말만 옳다 옳다 하는 걸 워치켜, 잉?

— 그래서 오늘은 보루로 사시는 거예요?

— 거야 구찮아 그르지. 아참, 쐬주 삘건 거 한둬 병 가꼬
  오께. 지달려봐.

4월.

— 니모, 멱국 끓일 줄 아능가?

— 그럼요!

— 암것도 못하게 생겼는디 건 또 하나배?

— 어휴! 제가 들기름 넣고 황태 볶아서 간마늘 한 숟가
락 넣은 다음에 팔팔 끓이다 국간장이랑 소금으로 간
맞추면 얼마나 맛있는데요!
— 워메 그런 것두 할 줄 아시나배?

(귀찮을 뿐이죠.)

'어설러'는 씨익 웃으며 미역을 내밀었다.

— 울 시엄니랑 화해했네. 시엄니 먹국 끓예드리고 남은
건디 싱싱허니 괜찮길래 쪼매 가져왔네 나가. 거시기
집에 짐치는 있능가?

재영씨는 조만간 황태미역국을 끓여 먹을 작정이다. 짐
치는 있다.

25
꽃보다 할매

편의점에는 세 명의 꽃 할매가 있다. 니모에게 미역을 주었던 어설러, 또 한 명은 바로 지금 이야기할 분이다.

이분은 목소리에 묵직한 아우라가 있다. 여성도 남성도 아닌 중저음, 스타일은 한때 국민 드라마였던 「전원일기」에 나오는 일용엄니와 흡사하다. 무엇보다 몸뻬바지를 즐겨 입었다. 그리하여 그녀를 꽃 할매 투톱, 일용엄니라 부르기로 했다.

— 야야, 바쁘나?

— 아뇨, 왜요?

— (휴대폰을 내밀며) 야야, 이 와이라노?

— 뭐가요?

— 야야, 이 뭣 쫌 보낼라카는데 영 안 된다 아이가.

터치가 안 됐다. 대개 기기가 먹통이면 재부팅이 진리다.

— 켜졌네요. 다시 해보세요.
— 잘하네. 야야 니 이것 쫌 해봐라.
— 뭐요?
— 여다 여를 여고 야한테 여를 보낼라 카는데 쟈가 여 없
  어서.

번역 들어간다.

카톡에 꽃 사진 이미지를 어떤 분에게 전송하고 싶다.
평소에는 또 다른 어떤 분이 그걸 대신 해줬으나 현재는
그이가 여기에 없다. 따라서 당신이 도와주길 바란다.

의역해보자.

카톡으로 꽃 사진을 멀리 있는 남사친에게 보내고 싶거
든. 평소에는 아들이 대신 해주곤 했는데, 이 나이에 눈치도
보이고…… 그래서 말인데 재영씨가 쫌 도와주면 안 될까?

빛의 속도로 해드렸다.

— 으하하하하컥! 야야 니 잘한다 야!

― 다음에 또 해드릴게요.

― 아라따마. 고맙데이.

일용엄니는 에쎄 0.5밀리 담배 두 갑을 사가지고 사라졌
다. 그 후 일용엄니가 편의점에 들어오면 재영씨는 그녀의
기호식품 2개를 미리 꺼내놓고 대기했다.

― 으하하하하하컥! 니 왼나?

― 그럼요.

― 야야, 니 떡떡하네. 그름 이굿도 해봐라.

― 뭐요?

― 저서 여를 하려믄 잘 안돼애.

의역 들어간다.

저 ATM기에서 이체를 잘 못하겠어.

― 돈 보내시려고요?

― 어.

― 얼마요?

― 이십.

― 이십억?

— 으하하하하하컥! 그라모 조치!
— 잽싸게 해드릴게요 그럼.

빛의 속도로 해드렸다.
일용엄니는 곧바로 통화를 했다.

— 내다. 밥뭇나? 어어…… 돈 부칬다. 어어…… 알았다.
차 조심허고…… 어어…… 알았다마…… 드가라. (뚝)

일용엄니는 편의점에서 주로 들깨가루, 찹쌀가루, 고춧
가루 등 방앗간에서나 파는 것들이 있는지 종종 물었다.
액젓을 하도 찾아서 까나리 액젓 대신 멸치 액젓을 들여놓
으니 몹시 기뻐했다.

— 김치 하시게요?
— 어어. 아들놈아기 지 애비 닮아 신 김치를 안 묵어. 입
　도 짧고. 그래서 겉절이 줌 담글라 카이. 오이지도 담
　가야 카고…… 마 바쁘데이.
— 오이지는 여름에 하는 거 아녜요?
— 내는 선수라 다 방뺍이 있다 아이가.
— 어떻게요?

— 와? 하게?

— 언젠가 여름에 해봤는데 생각보다 잘됐어요. 골마지
도 안 끼고. 근데 봄에도 되나 싶어서요.

— 으하하하하컥! 뜨건 물 붜서 푹 익혀야재. 그러고 나
서 하는 기다. 알았나?

— 와! 그러네? 전문가!

재영씨는 일용엄니를 향해 쌍엄지척을 날려줬다.

일용엄니는 함바집에서 일한다. 그래서 손이 크고 손맛
이 좋다.

— 야야, 니 누룽지 묵제?

— 야야, 야채여서 기름 새 걸로 튀긷다.

— 야야, 아가씨라 감자튀김 이칸 거 좋아하나?

— 야야, 샌드위치 묵고 해라 마.

— 야야, 잡채 싱겁게 된네. 그래두 함 묵어보그라.

— 야야, 니 청포묵 묵나?

— 야야, 떡갈비가 잘 된나 몰라. 간 좀 봐봐라. 짤 긴데 입
에 맞나?

— 야야, 생선까스 소스 내가 만들었다 아이가.

— 야야, 떡 좀 했다. 뜨실 때 무으라.

— 야야, 설인데 일하나. 떡국 떡 좀 갖다주까?

.

.

.

— 누구 주지 말고 니 혼자 무으라, 알았나?

편의점 재영씨

26
검은 옷, 용녀 1

　유치원 하교 시간이 다가오면 엄마들이 삼삼오오 노란 차를 기다린다. 그곳이 바로 엄마들의 소통 장소다. 그녀들 무리에서 대여섯 발자국 떨어진 곳에 한 여인이 있었다. 그녀는 60대 중반 정도로 보였고 늘 검은 옷을 입어 눈에 더 도드라졌다. 손주로 보이는 사내아이 마중을 나오는 할머니지만 좀 특이한 구석이 있었다. 집에서 바로 나온 엄마들은 대부분 추리닝바람에 캡 모자를 쓰거나 그도 아니면 부스스하기 일쑤였는데 그녀는 달랐다.

　빠글거림 방지 볼륨 펌을 한 쇼트컷 헤어스타일이며 블랙 세미정장에 구두, 겨울에는 넥 칼라가 밍크로 장식된 붉은 세무가죽 코트를 입었다. 사시사철 그 장소에서 두 손을 가지런히 포갠 채 꼿꼿하게 서 있던 그녀는 걸을 때 다리를 절었다.

똘랑 띠로롱 또로로롱롱 때로로로롱롱 롱 롱   롱.

편의점 출입문에 달린 '풍경'이 요란한 소리를 냈다.

— 아 여기 따뜻해. 할머니!

그녀가 손주와 함께 편의점에 들어왔다. 할머니와 손주
는 별다른 말이 없었다. 손주가 집은 과자 하나를 계산 후
조용히 갔다. 그렇게 1년 넘게 물건을 사갔고 손주는 어느
덧 초등학생이 되었다.

— 할머니이이, 응? 할머니이이, 응?
— 아이 된다. 놔라!
— 으으응, 응? 응?
— 놔라! 놔아라!
— 으아아앙! 할머니 미워!

그녀가 나를 쳐다보며 말했다.

— 즈 하나라 아가 거집이 점 쎔네다.
— 애들 다 그렇죠 뭐.

― 헝이, 그치라, 어? 그치라 했다. 느 오마이 오믄 일러
  때리라 하는 수바께?

  지렁이 모양의 젤리를 들고 할머니와 손주 사이에 실랑
이가 벌어진 것이다. 손주의 이름은 '홍' 외자였는데 그녀
는 '헝'이라 불렀다. 말이 끝나기 무섭게 손주는 쓰던 떼를
멈추더니 악! 소리 지르며 밖으로 뛰쳐나갔다.

― 즈즈······ 아 색히······

  그녀는 눈가 주름 사이로 미소 띤 얼굴로 눈인사를 한
후 뒤뚱거리며 손주를 따랐다.
  재영씨 두 귀를 사로잡는 말투! 대륙과 북측 그 어디쯤
에서 온 거라 확신했다. 손주가 겨울방학을 해 한동안 얼
굴을 보지 못하다 개학 후 다시 만나게 되었다.

― 어서 오세요! 오랜만에 오셨네요? 홍이도 안녕?

  그녀와 홍이는 목례를 한 후 치킨 매대에 서서 또 실랑
이를 했다.

— 하나마이다.

— 아앙, 두 개!

— 하나라고 했다.

— 아아아아앙.

— 나가라.

— 싫로오오오.

— 아이 나가니?

— 싫다고오오오.

그녀가 재영씨에게 다가왔다.

— 멍둥이 어딨습네까?

— 예?

그녀는 눈을 찔끔했다.

— 아하, 몽둥이요? 얇은 걸로 드릴까요, 굵은 걸로 드릴
까요?

— 아색히 다리멍댕이보다 글근 걸로 즈시라요.

그때 홍이가 소리쳤다.

— 이모! 얇은 거! 응? 얇은 거!

— 홍아, 얇은 거 다 팔렸어. 어떡하지?

— 할머니, 한 개만 살게 그럼. 됐지? 어? 됐지? 어어?

— 츰부터 그랬으믄 을마나 졯니.

연합작전 성공 이후 그녀는 재영씨를 아군으로 받아들여줬다. 그리고 재영씨는 그녀에 대한 호기심이 나날이 증폭되어갔다. 연합전선을 유지한 채 궁금증 선제타격 날릴 기회만을 기다렸다. 그러던 어느 날 코로나 자가 키트를 사러 그녀만 왔다.

— 거 커러나 작아키트 있지이요?

— 네, 있어요. 지금은 1인당 2개만 사실 수 있어요.

— 항 개…… 헉시 모르니 드 개 하즈이요.

이때다!

"아즈마이 오뒤메서 어셨드래요?"라고 묻고 싶었으나 재영씨는 차마 그러지 못했다. 마주보고 코딱지를 팔 정도나 돼야 가능했다.

— 어디서 오셨어요?

— 어? 내?

— 네.

— 헉령강.

— 흑룡강?

— <u>으으응</u>.

중화인민공화국 동북부! 흑룡강에서 왔다고 하니 재영 씨는 그녀를 '용녀'라 부르기로 했다. 꽃보다 할매 쓰리쿠션이 완성되는 기쁨의 순간이었다.

27
검은 옷, 용녀 2

　용녀가 흑룡강에서 왔다는 사실은 홍이가 3월, 1학년이 된 후에 알게 된 사실이다.

　올해 2월엔 베이징 동계올림픽이 있었는데 올림픽 개막식에서 한복 입은 출연자가 등장해 이슈가 되었다. 누리꾼들이 '동북공정'을 비꼬아 '한복공정'이라고 표현했고 이 문제는 단숨에 뜨거운 감자가 되었다. 한겨레 논설은 "중국 내 55개 소수민족을 대표해서 나온 이들은 제가끔 자신의 전통의상을 입었다. 조선족 대표는 무슨 옷을 입었어야 했을까. 이 물음은 '조선족은 누구인가'라는 물음과 필연적으로 마주할 수밖에 없다"라고 했다.

　재영씨는 밤 10시까지 근무라 주말을 제외하고는 경기를 거의 보지 못했고 또 예전만큼 올림픽이 재미있지도 않았다. 다만 세상이 어떻게 돌아가는지 간간히 뉴스 기사로만 접하다 위의 글을 보고 여러 가지 생각을 하게 되었다. 그 생각 끝에 우리나라 역사를 다시 공부해야겠다는 생각이 들었다. 그래서 일하며 역사책을 틈틈이 읽어나갔다.

코로나가 기승을 부리던 3월 어느 날, 자가키트를 홀로 사려고 온 용녀에게 이런 말을 했었다.

— 그럼 만리장성도 가보셨어요? 저는 아직 중국 못 가봤
   거든요.
— 멀어. 여기랑 댈 바가 되나. 땅이 컨데.
— 그래도 중국에 있으니까요.
— 여기야 접어서 서울에서 부산 금세지. 중격은 다르다아.
— 원래 흑룡강 거기도 다 우리 땅이었잖아요. 우리 다 같
   은 민족이고요.
— 뭐이라?

재영씨는 용녀의 닐 선 눈빛에 잽을 맞은 듯했다. 그 눈 길의 시간이 참으로 길게 느껴졌다.

— 오래전에 만주도 그렇고 그 위쪽 일대 다 우리 민족이
   살았다고요.
— 거이가 왜 느네 땅이니이?

잽에 이어 어퍼컷 날아왔다.

(재영아 더 말하지 마. 입 꾹 다물어.)

— 우리 같은 말 쓰잖아요. 한글도 같이 쓰고요.

(제발…… 그냥 바코드나 찍어.)

용녀는 기다, 아니다도 아닌 알 수 없는 표정을 하고 가
버렸다.

그 후로 용녀는 전과 다름없이 편의점에서 홍이와 실랑
이를 벌였고 걸핏하면 소리 지르고 맘대로 안 되면 울고
보는 버릇을 고쳐보려 여전히 노력중이다.

28
검은 옷, 용녀 3

　　홍이의 쇠고집은 머리가 커갈수록 심해졌고 용녀는 기운 달려했다. 그때마다 아이 엄마가 아이를 오냐오냐 한다고 살짝 살짝 한마디씩 하고 갔다.

　　용녀가 코로나에 걸렸는지 어느 날은 홍이가 엄마랑 편의점에 왔다.

　　— 이모, 닭다리 튀김 2개 주세요.

　　— 4000원이요.

　　— 울 엄마 한국말 못해요.

　　— 응, 쓰첸위안.

　　(중국어 교양 수업, 이때 써먹으려고 내가 들었구나!)

홍이 엄마는 잠시 움찔하더니 말없이 카드를 건넸다. 재영씨는 카드 리더기에 손을 뻗어 당신이 직접 넣으란 제스처를 했다.

— 이모, 닭다리 전자레인지에 따뜻하게 해줘.
— 그래, 일로 와.

용녀의 근황이 궁금했지만 묻진 않았다.
1분 30초 전자레인지가 돌아가는 동안 세 명은 모두 말이 없었다. 그러나 재영씨는 전자레인지에 비치는 홍이 엄마가 자신을 위아래로 스캔하고 있다는 걸 재스캔하고 있었다.

(뭘 사람 아래위로 훑어보니?)

홍이 엄마는 호리호리한 중국 여자였다. 엉덩이까지 늘어뜨린 긴 생머리를 앞머리 없이 깔끔하게 포니테일 스타일로 묶었고 화장기는 없었다.

— 자, 됐다.

모자가 나가고 저녁엔 홍이가 아빠와 함께 또 왔다.

(아, 저 사람이 아빠였구나.)

늘 레종 프렌치블랙 두 갑을 사가던 남자.

— 레종 프렌치블랙 두 갑!

이렇게 말해서 2초 동안 쳐다보고 있으니 '주세요'를 붙였던 남자. '주세요'란 말투와 억양이 어수룩했던 남자. 홍이와 같이 온 날도 '주세요'를 붙이고 담배 두 갑을 사갔다.

(용녀 잘 있나? 왜 안 오지?)

잽에 어퍼컷 좀 맞았다고 쓰러질 재영씨가 아니다.
용녀! 언제 와?
용녀!

29
검은 옷, 용녀 4

편의점 꽃 할매 세 분의 공통점은 어디가 한군데씩 아프다는 것이다.

최근 돌아가신 시어머니와 화해를 한 어슬러는 무릎이, 먹을 걸 비닐봉지에 싸주는 일용엄니는 허리가, 그리고 우아한 용녀는 다리를 절고……

그녀들이 아파 그런지 재영씨도 흐린 날엔 삭신이 쑤셨다. 그래서 우리는 장마철을 그다지 좋아하지 않는다.

비 오는 날, 용녀가 돌아왔다.

— 한동안 뜸하시데요?

— 커러나 걸리서 뉘 있었디. 거 백쉰주솨도 서영 없거.

— 아, 그러셨구나. 힘드셨죠?

— 머이가 십드러! 고깟 걸러.

용녀는 역시 용자다.

재영씨는 용녀와 깊은 대화를 할 수 있는 친구가 되고 싶었다. 딱히 이유는 몰라도 그냥 용녀가 기품 있어 좋았다. 비록 첫 대면에 용녀는 재영씨를 링 위 코너로 몰았지만 재영씨는 당구 시합 놀이로 용녀에게 접근(?)하겠다고 마음먹었다.

"코리아 편의점 당구 그랑프리 여자부 첫 대화 풀 서바이벌 1차 대회가 마침내 개막했습니다. ○○읍 ○○리 특설 편의점에서 2명의 선수가 출전하여 자웅을 겨루게 됩니다. 룰은 다음과 같습니다. 9볼 방식으로 텍을 합니다. 어떤 상황에서도 수구는 샷을 할 때 움직이면 안 됩니다. 볼은 순서와 상관없이 넣을 수 있지만 9번 공은 마지막에 넣어야만 합니다.

자, 재영 선수 등판한 지 얼마 안 되었는데요, 바코드 스캐너에 초크를 바르는 자세가 예사롭지가 않군요?"

"그렇습니다. 아직 노련함은 없지만 새롭게 등판한 선수로 일단 기초 체력이 좋은 게 특장점이죠. 그렇기 때문에 버티기, 이 버티기를 아주 잘할 수 있는 선수라 봅니다. 결국 시합은 체력 싸움이거든요. 집중력도 결국 체력에서 나온다고 할 수 있겠죠. 뭐 당구뿐이겠습니까! 반면 노장 용녀 선수는 수많은 경기를 치러봤기 때문에 기술이 상당히 좋습니다. 그리고 경험을 통해서 쌓은 노하우가 용녀 선수의 자산이라 할 수 있겠죠. 노장임에도 눈빛이 상당히 예리하죠? 다만 최근 코로나로 체력이 꺾여 경기 운영을 잘 해나갈 수 있을지 그게 염려됩니다."

"재영 선수 먼저 시구 들어갑니다."

적구: 용녀 vs. 백구: 재영

(얇게 시네루[공에 회전을 넣다]를 줘야겠어.)

— 홍아, 작년에 비해 키가 많이 컸네? 그죠 할머님.
— 어어, 큿다. 마이 큿지.

(스트로크[공을 치는 일] 잘 못하면 바로 삑싸리[큐가 미끄러져 공을 헛치는 경우]인데. 힘이 들어가네 자꾸.)

— 잘 먹죠, 홍이가?

— 궈기를 그릏게 좋아한다 헝이가.

(후루꾸[공이 요행수로 맞음]! 먹혔어!)

— 무슨 고기를 그렇게 좋아해요?

— 머 궈기라면 다 좋아하지. 채서를 안 먹을라 해서 그거

　이 극정이디.

— 어릴 땐 다들 야채가 싫은가봐요. 저도 그랬거든요.

— <u>오호호호호</u>. 그랬거나.

(좀 두껍게 톡, 톡 치는 거야. 힘 빼고 자, 어서……)

— 한국음식은 잘 먹나요?

— 한국엄식, 중격엄식 안 가린다 야는.

(직선으로 정 가운데 세게 때려!)

— 아이고, 홍이 입이 고급이네. 채소는 안 먹어도 맛있

　는 건 또 안 가리나봐요. 글로벌하네. 어린데도!

— <u>오호호호호</u>. 즈이 아빠가 거래. 이제 얼른 가자. 수고

하오.

— 안녕히 가세요. 홍이 또 보자!

재영씨는 담배를 꼬나물고 점수판 알갱이 한 개를 옮겼
다. 용녀와의 당구 놀이는 앞으로도 계속될 것이다.

30
쏘 스윗

계산대 앞에 서서 우는 사람은 분명 할머니였다. 어른이
와서 우는 것을 재영씨는 처음 봤다.

― 할머니, 왜 우세요?

얼른 할머니를 의자에 앉혔다. 가방을 뒤져 선물받았던
구아바차를 꺼냈다. 뜨거운 물을 부어 티백을 담금질한 후
찬물을 조금 섞어 손에 쥐어드렸다.

70대가 족히 넘어 보이는 할머니는 아이처럼 종이컵을
두 손으로 감싸더니 홀짝이다 또 눈물을 흘렸다. 냅킨 몇
장을 뽑아 손에 쥐어드렸다. 다른 손님들은 들락거리고 할
머니는 계속 울고. 재영씨는 당혹스러웠다.

마음이 진정되었는지, 할머니는 대뜸 할아버지가 며칠

전에 돌아가셨다고 말했다.

(멘붕. 어쩌라고?)

— 할머니, 그래서 우시는 거예요?

냅킨으로 얼굴을 훔치던 할머니는 찡그린 얼굴로 고개를 끄덕였다.

— 할아버지 보고 싶으시죠?

할머니는 또다시 커다란 눈망울을 미세하게 흔들더니 씨알 굵은 눈물을 뚝뚝 흘렸다.

— 할머니, 결국은 다 혼자가 되나봐요. 다들 그러고 사는 것 같아요. 저는 나이가 사십이 넘었는데 남편도 없이 혼자 살아요.

할머니는 코를 팽하고 풀곤 치마에 닦더니 큰 눈을 껌뻑였다.

— 아니, 그렇게 이쁘장혀서 왜 시집을 못 갔대유? 누가
　안 데려가유?

2차 멘붕이 왔다.

— 언젠가 저도 음…… 귀신은 데려가겠죠.

할머니는 재영씨의 농담을 이해하지 못했다. 3차 멘붕
의 징조가 보이기 전에 말을 돌렸다.

— 할아버지가 살아계실 때 잘해주셨어요?
— 응.

이게 아닌데 했다. 예상이 빗나갔다.

— 나헌티 참 잘했슈.

(어머나, 쏘 스윗.)

입때껏 재영씨는 나이 드신 여성이 그의 배우자 칭찬하
는 걸 보지 못한 터라 신박했다.

— 어머, 할머니 좋으셨겠다.

— 좋았쥬.

— 할아버지가 속은 안 썩이셨어요?

(털어서 먼지 안 나오는 사람이 어디 있으랴.)

— 오래 살다보믄 있쥬 그른 게.

(그래, 흠이 있어야 사람이지.)

돌아가신 할아버지께는 죄송했으나 위로거리를 찾은 재영씨는 환호했다.

— 그려두 가족덜에겐 참 잘했슈. 한 삼 년 아퍼서 누웠다 가 가긴 했쥬. 근디 안 아픈 사람 워디 있대유?

할아버지의 죽음이 순간 안타까웠다. 왜 좋은 사람들은 빨리 이곳을 떠나게 되는 걸까.

— 할머니, 부럽네요.

— 부럽쥬?

— 네, 진짜요.

할머니는 남은 차를 마저 들이켜더니 자리를 털고 있어
났다.

— 그 말이 위로가 되네유. 근디 시집 원제 가려구 그렇허
  구 있댜? 잉?
— 네?

할머니는 다시 자리에 풀썩 앉은 후 한참 동안 신랄하고
도 광활한 이야기를 들려줬다. 결혼의 장점과 방법, 비혼
의 단점과 폐해 게다가 민폐. 나아가 죄와 벌로 확장된 대
서사시! 뚜둥.
  암만해도 할머니가 또 결혼을 하고 싶으신 모양이다. 쏘
스윗.

'할아버지 편히 잠드세요.'

재영씨는 할아버지의 영면을 기원했다.

편의점 재영씨

31
지갑

할아버지의 영면으로 우셨던 할머니가 또 우셨다.

— 언니야! 나 지갑 잃어버렸어융.

— 네?

— 빨간 거.

— 어디서요?

— 저짝.

— 저짝이 어딘데요?

— 저어짝!

— 언제요?

— 30분 전.

— 없죠? 지금?

— 잉……(울먹울먹)

— 음, 일단 뭐 있어요? 빨간 거에?

— 돈 100만 원.

— 또?

— 카드랑 주민등록증.

— 또?

— 없슁.

— 카드 어디 껀데? 어?

급하니까 반말이 나왔다.

카드사에 일단 전화를 걸어 카드 정지를 했다.

— 경비 아저씨한테 가서 CCTV 돌려달라고 해요! 경찰
  부를게 내가!

할머니는 울면서 출동한 경찰 아저씨를 따라 경비실로
향했다.

더 어려운 이에게 도움 준 것이라고 여기며 할머니가 더
이상 울지 않았으면 했다.

편의점 재영씨

32
허리 아픈 엄마

허리 아픈 엄마가 왔다.

— 허리는 좀 어때요?

— 나 복대 차고 왔어야.

— 아이고, 어지간히 아프신가봐요. 접땐 복대 차고 다니
래도 안 한다고 그러시더니.

— 짐치 담가달라서 것 좀 했더니 이러네 또.

— 내가 김치 담그지 말랬잖아요!

— 아이 그럼 워떡햐. 딸도 달라 그러구, 101동(동대표 아
줌마)도 달래는디.

— 하지 마요 쫌! 자기들이 먹을 거니까 직접 담가 먹으
라고 하란 말이야!

— 아이그 그게 되냐.

— 그냥 거절해버려요. 아 신경질 날라 그래.

— 이히히히힝.

엄마는 두 손을 허리에 받히고 뒤뚱거리며 아이스크림 냉장고 쪽으로 천천히 걸어갔다.

— (허리를 겨우 숙여 아이스크림 냉장고에서 뒤적거리며) 이 거 다섯 개 사믄 돈이 반이여?

— 네. 속에 불이 나시는가보지? 하하하하하.

— 그려. 부아가 치민다 나가. 아이그 니미럴 것들.

— 그니까 이젠 김치 해달라고 해도 허리 아파서 못한다 고 좀 해요. 응? 엉?

— 아이그 알았어야. 으흐흐흥. 점심 워디서 먹냐 너.

— 집에서 먹고 오지 난.

— 여서 사 묵지 말구, 짐치랑 밥 찌끔씩 싸가지구 여서 먹구 그랴.

— 2시에 출근해서 그냥 집에서 먹고 나와요 난.

— 그랴? 그럼 내가 짐치 좀 싸다주께.

— 아이고야! 싫어!

— 왜 시려. 많이 담갔어 야.

— 아이고 내가 그 김치 먹게 생겼어요 지금? 엄마 허리

뜯어 먹게 생겼냐고. 진짜 딸내미나 먹지. 난 안 먹어!

— 으흐흐흥. 낼 와서 갖다주께.

— 싫어! 안 먹어!

— 나 간다잉.

— 다음엔 김치 소리 나오면 그거 한 번만 더 담갔다간 허리 부러진다고 말해요!

— 이히히히잉! 아이그 알아써어!

교대하러 온 야간 근무자 S가 씩 웃으며 한마디 한다.

— 누나, 시트콤 보는 것 같아요.

33
할부지와 포켓몬 빵

— 계십니까?

계산대 앞에 서 있는 사람은 60대 후반의 신사였다. 화가들이 자주 쓰는 검은색 빵모자가 그 신사의 머리에 착실하게 얹혀 있었다. 베이지색과 연회색이 날실 씨실로 엮인 스트라이프 셔츠도 셔츠지만 넥 칼라 부분을 단정하게 채운 흰색 단추에 시선이 갔다.

— 뭐 찾으시는 거 있어요?
— 여기 혹시 포켓몬 빵이라고 있습니까?
— 아, 그게 들어오긴 하는데 간간히 오고 또 들어오자마자 누군가 사간다고 하더라고요. 저희 매장은 밤 11시에서 12시 사이에 빵이 들어오는데 저도 그게 어떻게

편의점 재영씨

생겼나 한 번도 본 적이 없네요. 어쩌죠?

— 하하. 어이구, 저런! 그래서 그게 그렇게 구하기가 쉽지가 않구먼요.

— 네. 요즘 난리예요 아주.

— 우리 손자가 하나 있는데요, 그걸 그렇게 구해달라고 졸라대서 여기는 혹시나 있는가 해서 와봤습니다. 이 늠이 지 할부지는 세상에서 못하는 게 없는 줄 알고 있거든요. 허허허허허.

재영씨는 포켓몬 빵이 없으니 불쾌하지 않도록 적당히 상황을 이야기해서 손님을 돌려보내려고 했었다. 그런데 생각에 브레이크가 걸렸다.

— 아, 그러세요?

— 언제까지 그렇게 생각해줄진 모르겠지만 그럴 때까지는 그런 척해주고 싶은 게 또 할부지 마음이라서요.

— 네, 그 마음 뭔지 조금 알 것 같네요. 선생님, 그럼 연락처 좀 남겨주시겠어요? 제가 알아보고 구하게 되면 연락드릴게요. 성함이?

할아버지는 거듭 고맙노라 말하고 뒤돌아 나갔다.

어렵사리 빵을 구해 그분께 연락을 드렸더니 아내분과
함께 왔다.

— 어이구, 고오맙습니다아.
— 별말씀을요. 더 많이 못 구해서 좀 아쉽네요.

옆에 계시던 할머니의 짙은 눈썹 문신이 오르락내리락
거리며 할아버지를 쏘아봤다.

— 아니, 이게 뭐라고 이 난리들이야! 이거 하나밖에 없
  으믄 손자가 둘인데 싸우고 난리 칠 거 아냐!

할아버지가 할머니를 슬쩍 밀쳐냈다.

— 잇사람아, ○○이만 줄 거라네.
— 왜 ○○이만 줘! △△는 워쩌ㅜ?
— 내 맘이얏!

34
삭발한 유덕화

조끼 입은 사내는 머리카락이 자라면 다시 삭발을 했다. 한창 보기 좋더니 그새 또 시위를 한 모양이다. 머리를 밀고 나면 낯빛은 구리가 되어 있었다. 그는 이목구비가 또렷한 인상이었는데 1980년대에 전성기를 누렸던 중국 배우 '유덕화'와 비슷해 보였다. 그래서 재영씨는 그를 '유덕화'라고 부르기로 했다.

유덕화는 변성기가 갓 온 큰아들과 아직 계집애 같은 작은아들을 데리고 곧잘 저녁거리를 사러 편의점에 왔다. 그는 신라의 달이 뜨는 밤엔 어김없이 말아먹을 소주, 맥주 콜라보를 안주와 함께 골라왔다.

— 아빠, 또 술이야?
— 뭔 또 술이여 인마. 며칠 참았는데.

— 뻥치시네. 어제도 먹었잖아.

— 어젠 남은 거 먹은 거구. 그래야 병 재활용허지. 레종
블루도 주세유.

— 이모, 아빠 담배 좀 고만 피라고 해주세요. 약속도 맨
날 안 지킨대요!

— 내가 은제 인마!

(내가 왜?)

그의 조끼 왼쪽 가슴엔 노란 색실로 금속노조 ○○○이
궁서체로 오버로크 박음질이 되어 있었다.

— ○○○ 조합원님, 들으셨죠?

그는 겸연쩍어하며 아들들을 끌고 나갔다. 오동잎 한 잎
떨어지면 가을이 왔음을 안다던가. 아내가 장만옥인지는
모르겠으나 아이들의 엄마는 보이지 않았다.

유덕화는 그 후로 겨드랑이에 책자를 끼고 나타나곤 했
는데 물건을 계산대에 올려둘 때 그 책자도 무심히 올려놓
곤 했다. 어느 날은 표지가 잘 보이게 또 어느 날은 뒷표지
가 잘 보이게 부침개를 부쳐댔다.

편의점 재영씨

국배판 미색 머메이드지 책날개 없는 1도 인쇄, 나눔바른고딕체 폰트, 내지는 재생지로 추정, 200페이지 내외의 간부에게나 필요한 일종의 떡제본 매뉴얼이었다.

(나 교육시켜주게?)

— 그 책 재미있어요?
— 에이, 이건 읽는 책이 아녜유.

(그니까!)

그는 책을 집어 들더니 재영씨가 읽기 편한 방향으로 촤라라락 넘겨주었다.

— 집회 나갈 때 필요한 예산까지 다 정리되어 있어유. 골치 아퍼유 아주.
— 화물연대 아저씨들은 예전에 광화문에서 보니까 한번 집회하실 때 쎄게 하시던데 그쪽은 어때요?
— 아유, 우덜은 그렇게 안 해유.
— 아 네.
— 요즘은 예전처럼 집회하기두 심들구유.

― 그래요? 아 그렇구나. 안녕히 가세요.

― 아 근데 저 조합원 아니고 간부여유.

― 아 네.

어떤 금요일 늦은 저녁, 그는 잔뜩 취해 편의점에 왔다.

― 뤠주옹 블르 담배 주세유.

― ……

― 으흐흐흐흐. 오널 스원에서 술 즘 마이 먹그 와써유우.

― 그러셨어요?

― 거그에 지부으가 있능데 지가 감부라서……

서서 중심도 잘 못 잡는데 간부라고 이야기하는 것을 보
니 정신은 아직 있구나, 했다.

다음날.

― 지가 어제 술 많이 먹고 왔죠?

― 네.

― 실수 안했……죠?

― 네.

— 정말요?

— 네.

— 아후, 동지들이랑 만나면 술을 그냥……

— 그런 거죠 뭐.

— 실례지만 몇 살이세요?

— 네?

— 몇 년생이냐고 물어봐줘요?

유덕화는 갑자기 폭소를 터뜨렸다.

재영씨가 한 살 많았다. 유덕화의 얼굴에서 웃음기가 싹 사라졌다.

(다행이다. 내가 많아서.)

— 이제 나한테 누나라고 부르세요, 아셨죠? 그리고 집회
    도 잘 나가시고요.

그 후 유덕화는 재영씨에게 한 번도 누나라고 부르지 않
았지만 더 이상 술에 취해 편의점에 오는 일은 없었다.

— 이늠들아, 이모헌티 인사 안 혀?

편의점에 오면 두 아들에게 인사를 시키는 변화도 있었다.

유덕화가 더 이상 삭발하지 않아도 먹고살 만한 세상의 변화도 오길 바란다. 부디.

35
박덕상

'박덕상'은 사람이다. 어릴 적 꽤나 놀림을 받았을 것 같은 이름이다. 우수상, 밥상, 박덕상······.

— 아니 아니, 뭘 그렇게 하세요 맨날?

— 네?

— 뭘 맨날 하고 계시길래요?

— 아, 글을 좀 써보고 있어요.

— 글이요?

— 네, 심심해서요. 호호.

— 어머나, 글 쓰는 분이셨구나.

— 아녜요, 그냥 재미있는 거 생각날 때 써보는 거예요.

— 어떤 거 써요?

— 여기서 있었던 일······ 그런 거 쓰죠.

— 어머나, 내 얘기도 좀 써줘요!

— 그럴까요?

— 네! 어머머머 좋아라!

— 성함이?

— 박덕상!

— 네?

그는 계산대 위를 톡톡 치며 말했다.

— 이런 상이요, 상! 박. 덕. 상.

— 아네. 밥상 할 때 상이요?

— 그죠! 내 이름 알려줬으니까 그쪽도 이름 알려줘요.

— 저는 신재영이에요.

— 아하. 신재영! 재영씨, 나 내 이름 들어가게 꼭 써줘요.
알았죠? 네? 네?

그렇게 재영씨와 덕상씨는 2년 만에 이름을 텄다.

박덕상씨와 처음 대화를 나누게 된 것은 담배 때문이었
다. 그가 평소에 피던 담배에서 다른 것으로 갈아타고 싶
다며 재영씨에게 골라달라는 것이었다. 재영씨 뒤편에 깔
려 있는 담배들을 그녀가 모두 피워본 것은 아니기 때문

에, 좀 난감했다. 그렇다고 모르는데요, 할 수는 없지 않은
가. 그래서 연령별로 판매 빈도 높은 것을 설명해주었다.

— 이건 20대한테 핫한 거예요. 최근에 나온 건데도 꽤
찾아요. 알갱이가 들어 있어서 시원한 맛이 끝내준대
요. 속 답답할 때 좋을 것 같고, 일단 디자인도 심플하
고 컬러도 보색이라 세련되었죠? 대신에 6미리라 니
코틴 함량이 높으니까 참고하세요. 또 이건 30대가 선
호하는 거예요. 클래식한 담배 맛도 즐길 수 있으면서
알갱이 있는 거랑 없는 거랑 다양해요. 헤비하지 않아
서 스포티한 느낌이랄까요? 디자인도 상큼하면서 캐
릭터 느낌도 좋고, 음…… 프랑스란 이름이 들어가서
유러피언 느낌이 일단 확 들죠. 자, 이건 40대가 많이
찾는 건데…… 20대이신 걸로 보이는데 저 핫한 걸로
그냥 펴보시죠 왜?
— 우핫핫핫핫핫핫! 어머머머! 그걸로 주세요!

박덕상씨는 콧노래를 부르며 사라졌다.
그 후 그는 퇴근길에 편의점 문을 열자마자 재영씨를 보
고 짙은 눈썹을 빠르게 위아래로 들었다 놨다 했다. 그는
178센티미터 정도의 키에 머리는 다소 큰 편 그리고 눈썹

이 짙고 눈이 부리부리하다. 그 부리부리 위에 얹힌 눈썹은 상당히 짙고 두터웠으므로 눈썹을 움직이는 근육의 힘이 꽤 필요해 보였다. 그러나 박덕상씨는 지치지 않고 눈썹 운동을 줄기차게 했다. 그렇다고 그가 딴 맘을 먹고 그러는 건 아니었다. 그의 스타일은 옆집 아줌마 같았고, 말투도 꼭 그랬다. 단단해 보이는 체구인데 몸짓은 야들야들한 옆집 애교장이 아줌마?

카스 맥주 페트병 두 개씩을 자주 사가는 그가 또 어느 날은 이렇게 말했다.

— 나 이거 아껴 먹는 거예요.

— 누가 뭐래요?

— 아휴, 무서! 이렇게 사가니까 좀 그래 보이죠?

— 뭐가요?

— 저 인간은 맨날 술만 처먹나, 뭐 이렇게……

— 아뇨?

— 에이 그래 보이잖아요, 솔직히.

— 여기 소주 짝으로 사가는 분도 많아요. 뭐 이까짓 거 가지고 그러세요?

— 어머나, 어머머머머! 그렇구나!

　　편의점 재영씨

박덕상씨는 발걸음 가볍게 사라졌다. 편의점 소주를 짝으로 사는 사람은 물론 없다. 당일 저녁에 박덕상씨는 벌게진 얼굴로 2차 방문을 했다.

— 아휴, 내가 재영씨 때문에 두 번을 못 와가지구 그동안
 저 아래쪽 CU 가서 또 술 사고 그랬어요 그동안.
— 왜요?
— 아휴, 몰라 나도.
— 힘들게 뭐 거기까지 가요? 여기 놔두고?
— 아휴, 이 동네 그런 사람 많아요. 재영씨 때문에……
— 제가 언제 뭐, 뭐라고 그래요?
— 아휴, 몰라, 몰라.

(왜 저래?)

— 암튼 그냥 여기로 와서 다 사세요. 우리 매장 매출 올
 라가면 좋잖아요. 알았죠?
— 아휴, 알았어요.

박덕상씨는 엉덩이를 씰룩거리며 사라졌다.
최근 집에서 한잔 걸치고 2차 방문을 하며 글 잘 쓰고 있

느냐, 자기 이야기는 언제 쓸 거냐 꼬치꼬치 묻더니 책을
내게 되면 여기 떠나는 거 아니냐고 걱정을 했다.

— 가긴 어딜 가요 제가.
— 혹시라도 가게 되면 가기 전에 딱 한 번만 맥주 같이
  마셔요 우리.
— 싫은데요?
— 어머어머, 알았어요! 힝!

박덕상씨가 며칠째 술을 안 사러 온다. 살짝 삐졌나보다
아줌마.

편의점 재영씨

36
제비와 비둘기

이재와 효혜는 커플 손님이다.

이재는 편의점 오픈 때부터 온 손님이다. 캐디 동료들과 아파트에서 원시부족사회를 재현, 무리 지어 살았다. 남자 셋, 여자 둘. 남자 둘은 커플지옥, 이재는 솔로천국에 살았다.

그는 호리호리한 10대 미소년이라고 해도 믿길 만큼 동안이었다. 늘 검은색 캡에 스포티한 검은 캐주얼 룩을 입었고 운동화는 패션의 완성인 까닭에 검은 스니커즈로 깔맞춤하고 다녔다. 선호하는 브랜드는 나이키.

잘빠진 제비 한 마리가 날아들 적마다 재영씨는 최상의 친절과 격조 있는 서비스로 모셔드렸다. 재영씨는 비록 '외모지상주의자'이지만 예의가 바른 그가 좋았다. 친구들이 다른 동굴을 찾아 이곳 유목생활을 접고 떠난 후 이재는 혼자 자주 캔 맥주를 사갔다. 그렇게 1년 남짓 흘렀다.

이재가 어느 날 효혜의 손을 잡고 편의점에 날아들었다. 효혜는 이재보다 4살 연하의 비둘기였다. 도브 비누가 날아든 줄 알았다. 뽀얗고 귀여운 미소를 띤 효혜도 예의 바른 청년이었다. 끼리끼리, 유유상종.

— 저 얼마 있으면 이사 가요.

— 왜요?

— 아직 정해진 건 없는데요, 나중에 결혼하려고요. 제가 이제 서른이라.

— 어머나, 축하해요!

이재는 효혜를 밥으로 꼬셨다 했다. 눈만 마주치면 밥밥밥 거렸다고. 그러다 둘이 정말 밥을 먹게 되었다고 했다. 그러다 이제는 한솥밥 먹게 생겼다. 남 배부른 소리에 갑자기 배가 고파진 재영씨는 그들이 더욱 행복해져서 자신을 아예 굶겨 죽여주길 바란다고 부탁했다.

— 둘이 닮았어요. 예쁜 커플이라 잘 살 거예요. 나이 네 살 차는 얼굴도 안 보고 결혼한다고 하더라고요.

이재는 멋쩍게 씨익 웃었다.

— 감사합니다. 이사 가면 여기 못 오게 될 텐데, 그게 아
  쉽네요.

그날이 만난 지 260일 째라 했다. 재영씨는 그들의 행복
을 빌었다. 부러워서 퇴근길에 막걸리를 한 병 사갔다. 부
러우면 진다고 하는데 져주기로 했다.

37

방미나

— 매니저님, 도시락이 다 떨어졌네요.

— 네, 아까 싹 나갔어요. 어쩌죠?

그녀는 시무룩해졌다. 유니폼으로 미루어볼 때 비둘기랑 결혼을 하려는 제비 '이재'랑 같은 골프장 동료로 보였다. 퇴근 후 끼니를 해결하려고 왔는데 그마저 마땅치가 않았다.

— 흠 그럼, 저기 있는 닭다리 튀김 두 개 그냥 주세요.

— 손님 그거 말고 이거 드셔보세요.

재영씨는 편의점에서 가장 집밥스러운 컵밥 쪽으로 쪼르륵 갔다. 자기가 마치 그 컵밥 영업사원이나 된 양 오지

라퍼를 자청했다.

— 이게 말이죠, 안에 햇반이랑 봉지에 강된장이 있거든
요? 둘 다 따로 전자레인지에 돌린 담에 햇반에 된장
부어서 삭삭 비벼 먹음 돼요. 반찬은 신김치 하나면 충
분해요. 안에 내용물이 좀 부실한 게 흠인데요, 찌개
두부, 저쪽에 있는데…… 먹을 만큼만 잘라서 살짝 데
친 다음에 으깨서 같이 비비세요. 남은 건 바로 바로
얼려요. 얼려서 나중에 먹으면 또 단백질 함량이 높아
지거든요. 암튼 간에 집에서 만든 것보다 훨씬 맛있고
요, 좋은 게 뭔지 아세요? 설거지를 안 해도 된다는 거
죠! 플라스틱 숟가락 좀 챙겨 드릴까요?

그녀는 쌍꺼풀이 도톰하고 큰 까만 눈을 반짝이며 예쁘
장한 눈가 주름을 지어 말했다.

— 네! 그걸로 주세요!

또 어느 날은 애기 엄마들이 많이 사가는 켈로그 시리얼
을 계산대에 올리는 것이었다.

— 손님, 이거 너무 달지 않아요?

— 맞아요. 달아요.

— 단 거 좋아하세요?

— 아뇨.

— 근데 이거 왜 고르셨어요?

— 이거밖에 없어요, 여기.

— 손님, 인터넷에 뮤즐리라고 있어요.

— 뮤즐리?

— 쳐보면 나와요. 유럽 사람들이 먹는 일종의 누룽지라
  고 보시면 돼요.

— 어머, 별게 다 있네.

— 그죠. 제가 아침이나 브런치로 영양가 따져가면서 편
  하게 먹을 수 있는 오만 가지를 다 궁리하고 도전해봤
  는데 그게 짱이었어요.

— 어머, 어머 웬일!

— 그거 국그릇에 저당히 부어서 우유 넣고 화장도 하고
  머리도 하고 출근 준비를 하세요. 그러고 나면 불어 있
  을 건데 그때가 딱 먹기 좋거든요.

— 어머, 어머 이건 사야 해.

— 겨울엔 뜨듯하게 전자레인지에 돌리시고요, 요즘은
  그냥 불려서 시원하게 드세요.

편의점 재영씨

— 아! 그럴게요!

— 참 과일 말린 거 들어간 것도 있고 초코칩 들어간 것도
있는데 과일이 훨씬 맛있고 또 블루베리라 우리에게
딱이죠, 딱!

— 앗, 딱이에요!

— 그 시리얼 갖다놓고 그냥 집에 가세요. 얼른 인터넷 주
문 하셔야죠. 네?

그녀는 웃겨 죽으려고 했다.

며칠 후.

그녀가 눈웃음을 지으며 재영씨에게 다가왔다.

— 매니저님, 참외 좋아하세요?

— 없어서 못 먹죠 전.

그녀는 활짝 웃었다.

— 초또 맛떼 구다사이!

라고 외치곤 편의점을 나갔다 바로 들어왔다.

— 집에서 부쳐준 건데 좀 드셔보세요.
— 어머, 아리가또 고자이 마싯게따!

참외 값을 해야겠기에, 미인상에 호리호리 동실거리는
별명을 그녀에게 선사했다. 재영씨의 취미가 작명이라고
하면서. '방미나' 어떠시냐, 했다.

— 알이 져서 이뻐요!

역시 씨알이 먹히는 그녀였다. 알고 보니 재영씨랑 동갑
미쓰!
"방갑다데쓰!"

38
말하지 않아도 알아요

　재영씨가 근무하는 편의점에는 다양한 인종의 사람들이 온다. 중앙아시아, 유라시아, 아프리카, 북아메리카 대륙에서 날아온 이들이다. 중국, 필리핀, 베트남, 미얀마, 파키스탄, 러시아, 이집트, 아랍, 아프리카, 핀란드, 미국 등 각지에서 온 사람들이 단골이다. 그들이 오면 머릿속 세계지도가 먼저 쫙 펼쳐진다. 꼬레아의 대표로서 재영씨는 정성을 다하는 중이다.

　로컬한 곳에서 다양한 인종의 사람을 한 번에 만날 수 있는 곳은 재영씨의 경험상 이태원 아니면 경유지로 많이 이용되는 공항뿐이었는데 편의점은 지방 외곽임에도 그랬다. 신기한 것은 재영씨가 그들과 대부분 소통이 가능하다는 것이다. 그녀가 5개 국어 이상 사용이 가능해서? 절대 아니다. 그건 바로 유니버설 랭귀지가 있기 때문이다. 일단 서로의 바디를 이용한 표정, 모션, 제스처, 눈빛을 통해 그냥 절로 안다는 것이다. 몸으로 하는 대화가 때로는 말로 하는 대화보다 볼륨감 있고 빠르고 적확할 때가 있다.

어쩌다 보니 재영씨는 그들이 화장실의 '뚫어뻥'을 찾고 있다는 것도 알아채는 경지에 이르게 되었다. 흔히 '개떡같이 말해도 찰떡같이 알아듣는다'고 하듯이. 그러나 안타깝게도 편의점에서는 그 도구를 팔지 않는다. 그래서 정급하면 페트병을 잘라서 도구로 활용하고, 압력을 이용해 보라고 방법을 알려주면 그들은 곧잘 감격했다. 감격의 반응도 다양하다. 가령 어눌한 한국말로 캄사합니타, 그이들나라 말로 감사합니다, 공손히 합장을 하거나, 때로는 눈을 바르르 떨며 윙크하기도 한다.

어느 날, 딱 한 번 소통이 잘못된 적이 있다.

어떤 외국인이 와서 ATM기 계좌 이체를 도와달란 제스처를 하기에 "영어할 줄 알아?" 하고 물으니 재영씨 말을 못 알아들었다. 구글번역기를 돌려야 하는데 어디서 왔는지 알 길이 없었다. 난감했다. 외모를 보아하니 서아시아 사람 느낌이라 생각나는 대로 그에게 나라 이름을 나열했다.

— 터키? 사우디아라비아?

— 이집트!

어쩐지 터키보다 좀더 서쪽 같긴 했다.

원하는 대로 해주고 돌아섰는데 출력된 명세서를 보여주더니 카랑카랑한 눈망울로 뭐라 뭐라 하는 것이다.

(뭐래?)

알고 보니 20만 원을 보내야 하는 거였는데 재영씨가 200만 원을 보낸 거다.

그녀는 사칙연산에 취약한데 불가사의하게 계산하는 일을 하고 있다.

— 미안하다. 스핑크스야. 어쩜 좋아. 어떡해?

스핑크스는 괜찮다고, 하는 수 없다고 했다. 열 달치를 한방에 보냈으니 돈을 받은 파라오는 라신에게 감사할 것이라고 했다.

(휴!)

말하지 않아도 아는 재영씨의 친절은 초코파이가 되었
다. 초코파이는 이렇게 해외 순방 중이다.

편의점 재영씨

39
슈퍼맨 1

재영씨가 일하는 편의점 인근에는 딱 세 개 동만 있다. 101동, 102동, 103동 끝. 그래서 주민들은 알음알음 서로의 존재를 알고 있다. 그 가운데 모든 사람이 아는 존재가 있었다. 그는 키가 187~190센티미터로 짐작되는 백인이다. 그의 큰 키가 일차적으로 시선을 사로잡았지만 시선을 떼지 못하게 하는 이차적인 이유가 있었다. 그것은 바로 그의 얼굴이 가수 구준엽과 싱크로율 98퍼센트 정도 일치한다는 점이다. 게다가 사이클을 좋아해 추운 겨울을 빼곤 꽤 자주 어깨에 자전거를 걸치고 쫄쫄이 바지를 입은 채 동네를 활보한다는 것. 얼굴이 주먹만해서 야구 모자가 꽤나 잘 어울리는 남자.

그가 스포티한 차림으로 지나가면 여자 행인 98퍼센트가 고개를 돌려 쳐다보았다. 2퍼센트는 80세 이상 할머니들.

그가 편의점 문을 열면 일단 스마일한 얼굴로 '헬러우'를 외친다. 물건을 가져와 계산대에 내려놓고는 아이컨택 레이저를 쏘며 한 번 더 스마일 한다. 근데 여기서 중요한 포인트! 긴 다리를 옆으로 벌려 키를 낮춰놓고 눈높이를 맞춘 후 카드를 리더기에 꽂는다는 것! 여기서 편의점 여성 근무자들 다 맛이 갔다.

　— 재영 언니, 봤어 봤어? 키 맞춰주는 거?
　— 재영 언니, 봤어 봤어? 웃는 거?
　— 재영 언니, 봤어 봤어? 쫄바지?

(내가 장님이냐?)

　— 그래서 뭐?

어느 날 그가 재영씨에게 말을 걸었나.
　날씨가 겁나 좋다고, 봄이 겁나 좋다고, 기분 겁나 좋다고, 그렇지 않냐고.

(어쩌라고.)

'super(슈퍼)'란 발음을 남발하는 메이드 인 USA 추정남에게 그래 겁나 그렇게 생각해, 라고 대답해준 후 말을 이어봤다.

(영어대화)

— 그나저나 어디서 오셨어?
— 미국 콜로라도. 가본 적 있어?
— 없어. 언젠간 가보고 싶긴 한데 거기 겁나 덥지 않니?
— 겁나 더워. 사막 겁나 많아. 콜로라도 의미가 그래서
  빨갛단 거지.
— 콜로라도는 겁나 빨간 곳이구나?
— 겁나 똑똑해. 바로 그거야!
— 겁나 고마워.

그가 구글을 뒤적거리더니 콜로라도 '죽음의 계곡'을 보여줬다.

— 내가 여기서 한 달 동안 머문 적이 있는데, 사막이라
  낮엔 겁나 덥지만 밤엔 겁나 추워. 기온 차가 무려 50
  도나 난다고! 그렇지만 밤에 별이 겁나 아름다워.

— 겁나 판타스틱하구나!

— 빙고!

그는 겁나 즐거워했다. 그리고 외국인답지 않게 재영씨 신상을 털기 시작했다.

— 너 이름 뭐야?

— 재영. 넌?

— 나는 슬로박.

— 뭐?

— 슬로박.

(설마 박이 성이고 이름이 슬로는 아니겠지.)

— 너 메이드 인 러시아야?

— 헐. 어떻게 알았지? 우리 할머니가 러시아 사람이거
   든!

— 그렇구나. 네 이름이 겁나 러시아스러우니까 안 거지.

— 오, 겁나 놀랍다. 그걸 알아내다니!

(별걸 다 겁나 놀라워하네.)

슬로박의 2차 신상털기가 시작되었다.

— 근데 너는 몇 살이야?
— 넌?

재영씨가 고작 네 살이 많을 뿐이었는데 그의 모습에 '구준엽'이 오버랩되어 순간 그보다 일곱 살이 많다고 해 버렸다. 망할.

그는 겁나 믿기지 않는다고 하며 '오마이갓'을 외친 후 스마일 하고 나갔다.

그 후 그는 재영씨를 일곱 살이 많은 큰누님으로 여기며 겁나게 편안해했다. 올 때마다 헬러우 앤 스마일을 날리며 맑으면 맑다고, 비오면 비온다고 날씨 인사를 2년째 하고 자빠졌다. 그리고 금요일이라 겁나 좋지? 주말 잘 보내라 또는 주말에 뭐 했니 등을 묻곤 말이 끝나기가 무섭게 알아먹지도 못하는 겁나 긴 자기 이야기를 하기 시작했다. live CNN.

(뭐래.)

잘은 몰라도 자랑질 5할에 그에 대한 느낌 5할 이렇게 썰을 푸는 것 같았다. 그래도 덕분에 다소 귀가 뚫린 것 같아 재영씨는 그저 땡큐했다. 언젠간 템플스테이 2주간 간다고 겁나 좋아했었는데, 다녀와서는 양반다리 하는 게 겁나 힘들어서 죽는 줄 알았다고 했다. 그럼에도 흥미로운 경험이었다고 했다.

이렇게 그는 재영씨의 편의점 영어쌤! 이름하야 '슈퍼맨'이 되어주었다.

그러던 어느 저녁에 형광등을 사러 왔다. 방이냐 거실이냐 화장실이냐 물으니 베란다란다. 베란다 형광등은 재영씨에게 정보가 없는 장소였다. 그는 여기랑 저기랑 같은지 여기 꺼랑 저기 꺼랑 다른지 이런 걸 물었다. 귀가 뚫려 알아듣긴 했는데 설명을 하려니 비교용법을 구사해야 했다. 문법을 잠시 정리하느라 버퍼링이 걸렸는데 그가 재영씨에게 한국말로 아주 명쾌하게 정리해주었다.

— 쌤쌤이야?

편의점 재영씨

40
슈퍼맨 2

쫄바지는 기온이 오름에 따라 더욱 탄력을 받았다. 그는 순도 98퍼센트의 구준엽, 페니점의 슈퍼맨! 그가 눈을 감은 것도 아니고 뜬 것도 아닌 야리꾸리한 눈 끔뻑이기, 깜빡깜빡을 두 번이나 보이며 재영씨에게 다가왔다. 재영씨는 야구모자 아래로 음영진 그의 눈동자 속으로 빨려 들어가는 것만 같았다.

(그런 깜빡이는 어디서 배우니? 나도 가르쳐줘!)

바나나 중독증을 보이는 그는 오늘도 그것을 계산대에 올려놓곤 이온음료를 고르러 갔다. 사이클을 탄 후라 똥꼬가 쫄바지를 먹었다. 오, 지쟈스!
그사이 다른 손님이 들어와 고양이 담배를 달라 했다.

— 레종 프렌치 블랙!

슈퍼맨이 다가오고 있었다.

— 죄송한데요, 저 (쫄바지) 손님이 먼저 오셨거든요?

슈퍼맨은 그에게 계산을 먼저 하라고 양보했다.

(영어 대화)

— 너 대학교에서 학생들에게 영어 가르친다고 했지?
— 응.
— 방금 상황이 영어로 뭔지 알려줄래?
— (윙크를 날리며) 뭐든 물어봐.

재영씨는 새치기 하는 시늉을 했다.

— (두 손을 앞으로 내밀며) 우리말에는 그런 단어 없어. 한
  국에 와보니 우리말에는 표현할 단어가 겁나 없어.

재영씨는 구글 검색을 했다.

— snatch라고 나오는데?

— 음…… snatch는 네가 말한 거랑 겁나게 어감 차이가
있어.

안타깝다는 듯 두 손을 내밀고 어깨를 으쓱했다.

— 겁나 안타깝다. 너에게 정확하게 말할 수 있는 단어가
없다는 게……

— 나도 그래. 그런 면에서 한국말은 겁나 버라이어티해!

슈퍼맨은 야구모자 챙을 살짝 올렸다 내리면서 야리꾸
리 눈 끔뻑임을 또 두 번 따닥, 하고 사라졌다.

41
슈퍼맨 3

편의점이라고 해서 항상 손님이 있는 것은 아니다.

점주에게는 속 쓰린 시간이지만 알바에게는 엉덩이 붙이는 시간이다.

재영씨는 석양이 지는 하늘을 바라보며 퇴근 시간이 얼마나 남았는지 시간 계산을 하고 있었다. 알바는 손님 있을 적에는 돈을 계산하고 한가할 때는 이렇게 시간을 계산한다.

초여름이라 해가 지기 전까지 제법 너웠다. 손님들의 옷차림도 한결 가벼워졌다. 멀리 사이클 페달을 힘차게 구르며 편의점으로 다가오는 사람이 보였다. 분명히 낯익은 사람이었는데 어딘가 휑했다.

슈퍼맨!

앗, 얼굴뿐 아니라 머리털이 없는 것도 '구준엽'과 씽크

로율 100퍼센트 일치했다! 어스름해진 길가가 그의 등장으로 휘영청 밝았다. 신은 그에게 가슴털은 주었으나 머리털은 주지 않았던 것이다.

아무렴 그렇지, 그렇고말고.

42
북맨

편의점에는 슈퍼맨도 오지만 이런 맨도 온 적이 있다.

어떤 남자가 손에 hp로고가 쓰여 있는 슬림한 잿빛 노트북을 들고 다짜고짜 부탁이 있다고 말했다. 갑작스런 북맨Book Man의 등장이었다.

— 저 죄송한데요, 제가 차에서 화상회의를 하다가 빠때리가 나가서요.

— 이쪽으로 오세요. 히이하다 도망긴 줄 일겠어요.

— 아! 그니까요! 정말 고맙습니다!

— 고맙긴요, 자릿세 10만 원이에요.

— 우하하핫!

(화상회의 시작)

편의점 재영씨

외국인 얼굴이 화면에 뜨더니 서로 미팅을 했다.

— 쏴리 쏴리 노 빠때리!
— 오케 오케! 어쩌구 저쩌구……
— 얍, 얍, 으흠 으흠…… 어쩌구 저쩌구……

재영씨는 편의점에 틀어놨던 BGM 볼륨을 줄인 후 "이어폰 빌려줄까요?" 하고 물었다.

— 네! 그럼 정말 감사하죠!
— 감사는요, 이건 만 원이에요.
— 우하하핫!

그는 한 시간가량 미팅을 하면서 '얍, 얍, 으흠 으흠'을 백 번은 넘게 했다. 듣다보니 중독성이 있었다. 북맨은 만족스럽게 화상회의를 끝내고 땡큐 땡큐! 하더니 노트북을 탁 덮었다.

— 드시고 싶은 거 뭐든 말씀하세요. 여기서 제일 비싼 게 뭡니까?
— 됐어요. 11만 원만 내고 가시면 돼요.

― 우하하핫!

　그는 스타벅스 커피 매대에서 두리번거렸는데 재영씨
는 얼음컵 파우치 커피가 좋다고 했다. 커피가 달달해서
노래가 절로 나왔다.

　― 얍 얍 으흠 으흠, 얌얌!

　　　　　　　편의점 재영씨

43
호빵맨

편의점에는 슈퍼맨도 있고 북맨도 있고 호빵맨도 있다.

그는 야간에 동네를 깨끗하게 치워줘 아침이 되면 온 세상을 깨끗하게 만들어주는 남자다. 그는 추울 때 재영씨가 있는 매장에 와서 놀다 가곤 했다.

— 여기가 제일 따뜻하네!

— 그죠?

재영씨는 자기가 난방비를 내는 게 아니었기 때문에 띠띠띠띠띠 버튼을 눌러 온도를 30도로 올리고 나서 폐기 난 햄버거를 데워 남자에게 건네줬다.

— 방금 유통기한이 다 된 거라 먹어도 아무 문제 없어요.

드세요.

　남자는 씩 하고 웃었다. 그의 앞니 두 개 자리가 허전하다고 위장까지 든든하지 말란 법은 없다. 먹다가 남자는 햄버거 안에 든 패티를 쓰레기통에 넣고 빵만 먹었다. 앞니가 없으니 불편했나보다. 그 후부터 재영씨는 남자에게 햄버거 대신 호빵만 데워줬다.

　― 요즘은 호빵이 인기가 없어요. 다 폐기 났네 아주 그
　　냥. 드세요.

편의점 재영씨

44
이웃들

미얀마 손님 둘과 한창 대화를 하고 있었다.

— 재영: 거기가 그래서 버마잖아.

미얀마 손님들은 그들의 나라를 알고 있는 재영씨에게
부드러운 미소를 지었다.

— 미얀마 손님 1: 우리나라는 아름다운 곳이야.
— 재영: 그래그래. 나의 나라도 아름답고 너의 나라도
아름다울 거야. 그치?
— 미얀마 손님 2: 맞아. 언제 함 놀러와.
— 재영: 알았어.

미얀마 손님들은 공장에 다니고 있었는데도 공장 굴뚝 연기에 전혀 오염되지 않아 보였다. 재영씨는 송아지와 빼닮은 그들의 눈동자에 비친 자신을 보았다.

안녕하세요, 감사합니다, 안녕히 가세요, 이것을 미얀마 말로 어떻게 하냐고 묻자 그들은 바로 따라 하기 힘든 말로 알려줬다. 다음날 이들은 너 까먹었지? 그랬다. 그래서 어려우니까 올 적마다 알려달라고 했다.

그다음 손님은 하얼빈 손님이었다.

하얼빈 손님은 작은 체구였는데 다부져 보였고 무엇보다 살짝 충혈된 눈에서 피로함이 엿보였다. 독립운동가 후예의 피가 흐르고 있는 것만 같았다.

— 하얼빈 손님: 미얀마 갔다가 하얼빈에도 와.
— 재영: 물론이지.

하얼빈 손님은 편의점 인근 기주자가 아니었나.

— 재영: 근데 너 여기 왜 왔어? 여기 친구 있어?
— 하얼빈 손님: 여기에 우리 삼촌이 살거든. 며칠 머물
  다 가려고 왔어.
— 재영: 그렇구나.

하얼빈 손님은 씩 웃었다.

— 하얼빈 손님: 서울 이태원에 가면 외국인들 많아. 거
  기서 알바 하면 너 좋아할 것 같아.
— 재영: 이미 거기서 처음 편의점 알바 해봤어 나.
— 하얼빈 손님: 어쩐지.
— 재영: 서울 갔다가 다시 삼촌네 놀러올 때 편의점에도
  놀러와.
— 하얼빈 손님: 전화번호 알려줘.
— 재영: 팬이 많아서 번호 알려주면 일을 못할 정도야,
  이해하지?
— 하얼빈 손님: 그래, 그럼 또 놀러올게.

하얼빈 손님이 사라지자 스리랑카 손님이 해맑은 얼굴
로 다가왔다.

— 재영: (허공에 그림을 그리며) 스리랑카, 너희 나라 국
  기 요렇게 요렇게 생겼지?
— 스리랑카 손님: 어 맞아!
— 재영: 너희 나라 국기 독특해서 아름다워. 예술이야.
— 스리랑카 손님: 맞아, 맞아!

— 재영: 언젠가 너희 나라도 가보고 싶어.

— 스리랑카 손님: 미얀마 갔다가 하얼빈 갔다가 들러.
나 작년에 갔다 왔는데 우리나라 여전히 아름다워.

— 재영: 그래 미얀마도 하얼빈도 스리랑카도 대한민국
도 모두 한통속이라 아름답지.

— 스리랑카 손님: 맞아, 맞아! 근데 한통속이 뭐야?

— 재영: 음…… 그건…… 이웃이라는 뜻이야.

45
ATM기

재작년에 그만둔 M이 만두를 사가지고 편의점에 놀러
왔다.

— 뭘 왔어, 바쁠 텐데.
— 에이, 축의금도 받았는데 인사는 해야죠 언니.
— 가보지도 못하는데 밥값이라도 보태야지.
— 언니가 결혼 계획만 있어도 내가 따로 안 왔지!
— 미안하다 그래.

M은 2년 전 오전 근무자였고 오후 근무자 재영씨와 교
대를 하며 수다를 많이 떨었던 친구다. 당시 그녀는 소개
팅 때 남자가 어땠는지 월요일이 되면 조잘조잘 들려주곤
했었다.

― 중이 제 머리 못 깎는 거 알지? 그래도 착한 남자 만나
라, 응?

― 그래도 뭐가 좀 있어야 하지 않아요?

― 있어야지. 밥 굶기지 않는 착한 남자로 정정할게 그럼.

이런 남자 이야기를 하다보니 우린 나이 차가 꽤 나는데
도 친구가 되었다. 역시 여자끼리 친해지는 데는 남자 이
야기가 최고다.

M은 편의점 알바를 그만두고 전에 하던 부동산 중개를
다시 시작했다. 주식도 하고…… 재영씨가 못 알아듣는 이
야기를 곧잘 했던 걸 보면 M은 재테크에 밝은 친구였다.

― 언니, 우리 만두 먹자. 나 배고파요.

― 어 그러자. 뭘 또 사왔대. 편의점에 먹을 거 천지인데.

M과 만두를 베어 물며 재영씨는 그동안 궁금했던 것들
을 물어봤다.

― 근데 여기에 왜 외국인 노동자가 그렇게 많이 와? 지
방 외곽인데 여러 나라 사람들이 오는 게 신기해.

― 언니 몰랐어?

— 뭘?

— 저쪽으로 가면 공장도 있고 또 S대기업도 있어요.

— S대기업은 용인이나 수원 이쪽에 있지 않아?

— 에이, 여기도 있어요.

— 그래?

그렇다. 재영씨는 집이랑 편의점밖에 알지 못한다.

— 언니, 좀 돌아다녀. 여기 다녀보면 좋은 데 꽤 많아요.

— 응, 그래. 근데 귀찮아.

— 아휴!

— 그래서 여기 외국인 노동자가 많이 오는 거구나.

다양한 인종의 사람들이 편의점에 오는 것이 의아했는데 재영씨는 비로소 의문이 풀렸다.

외국인 노동자들, 인종은 달랐지만 공통점이 하나 있었다. 바로 ATM기를 자주 이용한다는 것! 출금보다 입금이 대부분 많은 걸 보면서 ATM기를 자주 찾을수록 가족 간의 사랑도 커질지 모른다고 생각했다.

46
민원을 받습니다

편의점에서는 다양한 민원 서비스를 한다.

택배 보내기, ATM기 이체 및 출금 해주기, 시장 본 물건 맡아주기, 맡긴 아기 잠시 돌봐주기, 할머니용 끌개 조립해주기, 문자 및 카톡 이미지 전송해주기, 휴대폰 업데이트해주기, PDF 파일 실사출력 하는 방법 알려주기, 보험회사 카드회사 ARS 상담원 연결해주기, 전화 안 받는 남친에게 여친 친구인 척 전화 걸어서 바꿔주기, 휴대폰 빌려주기, 홈쇼핑에서 옷 구매 후 선달해주기, 배터리 더 싼 다이소 위치 알려주기, 우는 할머니 위로해주기, 우는 아기 달래기, 술 먹고 와서 사는 게 힘들다는 아저씨 하소연 들어주기, 남편 술 사러 오면 팔지 말아달라는 아내 속내 들어주기, 술 몰래 산 것에 대해 아내에게 비밀로 해달라는 약속 엄수하기, 담배 경고 그림 마음에 드는 것으로 골라달라는 할아버지를 위해 보루 해체 작업하기, 매장에서 잃어버렸다는 물건을 찾기 위해 CCTV 확인해주기, 아파트 경비 아저씨 업무에 귀 기울이기, 부동산 사장님이 맡긴 계약서 보관해 세입자 오면 전달해주기, 퇴근 늦는 엄마 대신 꼬맹이 소녀들 머리 묶어주기, 꼬맹이 소년들 테이블에 엎은 컵라면 치우기, 놀다가 다쳐서 들어온 꼬맹이들 약 발라주고 밴드 붙여주기, 길고양이 밥 주기, 매장에 파킹한 강아지 똥오줌 치우기……

이런 업무들도 편의점에는 있다.

그 가운데 재영씨가 현재까지 가장 난감했던 민원이 있었으니 그것은 중국 동포에게 시급한 그 업무였다. 어두운 표정으로 편의점에 들어온 중국 동포 아주머니는 이해할 수 없는 이야기를 하며 재영씨에게 SOS 신호를 보냈다. 주어는 '나'인데 목적어는 죄 '그거'라 했고 서술어는 '(오늘까지) 빨리 하래요' '빨리 보내래요'였다.

목적어를 찾는 여정이 시작되었다.

손님은 계속 오고 아주머니는 똥 마려운 강아지마냥 재영씨만 보고 있었다.

바코드 찍고, 포인트 적립, 통신사 할인 후 카드 긁고, 잔돈 주고, 비닐에 물건 담아 현금영수증 발행해주고…… 이렇게 해가며 여정을 떠나려니 재영씨도 모르게 취조를 하게 되었다. 한 단어가 뭔지를 알기 위해 열 가지 질문이 필요했으므로. 내용인즉 연말정산 간소화 서비스를 PDF 파일로 받아 카톡으로 전송해야 하는 일이었다. 2022년부터 모든 노동자에게 급여명세서를 발행하라는 국가의 명을 아주머니도 이행해야 했던 것이다.

1. 아주머니 휴대폰에 손택스 깔기.
2. 안드로이드 체계 휴대폰의 앱스토어 찾기.
   (재영씨는 OS방식에만 익숙했으므로)
3. 손택스 로그인하기.

공인인증서가 폰에 깔려 있지 않았다. 게다가 한국 국적이 아니었기에 재영씨가 모르는 다른 어떤 절차가 필요했는데 폰으로 가능한 것이 아니었다.

평소에는 참한 재영씨, 혈압과 동시에 안압이 높아짐을 느꼈다.

— 이 일을 담당하는 사람 휴대폰 번호 아세요?

총무과장이라 했다.

— 여보세엽?

(업무 경리직, 직급 과장이다.)

— 여기 편의점이고 저는 알바예요.
— 그런데엽?
— 이 폰 주인이 OOO씨인데요, (중략) 이거 사측에서 도
  움을 주셔야 할 것 같아 연락드렸어요.
— 그건 본인이 해서 회사에 주는 거예엽. 제출 안 하면
  저희가 벌금 물어엽.
— 그니까 벌금 안 물게 하는 게 과장님 역할이니까 직접
  도와주셔야 할 것 같아요. 그리고 이분 그게 뭔지도 모
  르세요. 이런 상황 저보다 잘 아실 텐데요.
— 저 지금 월말이라 바쁘거든엽?

(네가 바쁘면 나도 바빠.)

— 거기 주소가 어떻게 되죠?

현재 시각 오후 5시 32분.

그때만큼 재영씨가 점주였으면 얼마나 좋을까, 했던 적
이 없다.

— 왜엽?
— 제가 이 분 모시고 가게요.

(오고 가고 한 시간, 문 잠그고 가면 50명가량 손님을 돌려보내
야 하고 약 50~70만 원 손해 및 업무방해방조인가? 시내 쪽일 경
우 차 안 막히면 20분 소요, 막히면 10분 추가……)

— 오신다고엽?
— 가려고 했는데 저도 매장 비울 순 없고 이 분 콜밴 불
    러서 보낼 테니까, 해주세요. 어차피 과장님도 이 분
    인증서나 필요한 파일 PC에 저장해놓고 때마다 해주
    시면 서로 편하잖아요. 그죠? 그니까 그렇게 해주세
    요. 네? 참, 과장님 성함이 어떻게 되나요? 그걸 안 물
    어봤네 내가!
— 지금 빨리 오시라 하세엽.

콜밴 타고 아주머니는 날아가셨다.

47
무서운 이야기

시방, 나는 무서운 이야기를 하려 해.

때는 겨울, 맑은 고기압 날씨라 추운 금요일 저녁 9시 무렵이었어. 살갗은 아렸고 배는 고팠어. 퇴근 한 시간 전이라 재영씨는 집에 가서 '오늘은 또 뭐 해 먹을까' 고민 중이었는데 키 큰 손님 한 명이 편의점에 들어왔어. 키 작은 다른 손님이 연이어 또 들어왔지. 먼저 들어온 사람을 '1번남' 이후에 온 사람을 '2번남'이라 부르기로 하자.

'1번남'은 평소에 무뚝뚝해서 그저 필요한 것만 사가는 조용한 손님이었고 '2번남'은 들고 온 물건을 계산대에 올려놓으면, 재영씨가 비닐봉지에 담아주랴 물어볼 때마다 일절 대꾸하지 않는 손님이었어. 대신 자기 주머니에 구겨 넣었던 비닐봉지를 신경질적으로 꺼내 본인이 담곤 했지. 그래서 그 후로 뭐든 안 물어보고 계산만 해주는 손님이야.

그들은 매장을 천천히 둘러보고 물건을 고르기 시작했
는데 '2번남'이 재영씨에게 무표정한 얼굴로 다가왔어.

— 육회 없어요?
— 냉동 쪽에 있는데, 지금 없으면 다 팔린 거예요.

그는 3초간 뚫어지게 재영씨를 노려봤어. 그리곤 나갔
지. 그런데 잠시 후 다시 들어왔어. 목장갑을 끼고 한손엔
망치를 든 채. 재영씨는 자신의 눈을 의심했어. 맙소사!

재빨리 CCTV 녹화 검색의 시간대를 뒤져 화면을 돌려
보려 했는데 손이 굳는 것 같아 마우스 클릭이 잘 안되었
어. 크게 심호흡을 하고 클릭, 클릭, 클릭…… 최대한 천천
히 했어. 그리곤 조금 전의 장면을 찾아 모니터를 정지시
킨 후 휴대폰으로 '2번남'을 찍었지. 심장이 쿵쿵거리기
시작했어. 꼼짝하지 않고 눈은 CCTV 모니터에서 떼지 않
았고 손가락은 포스 위, 빨간색 버튼에 얹힌 채로 그 두 남
자를 주시했어.

'1번남'은 물건을 고른 후 계산대 위에 얌전히 올려두고
평소처럼 무뚝뚝하게 서 있었지. 재영씨는 그에게 작게 속
삭였어.

편의점 재영씨

— 저기 손님, 죄송한데요. 저쪽에 있는 남자가 지금 망
치를 들고 왔는데 나갈 때까지 조금 같이 계셔주시겠
어요?

그는 고개를 돌려 주변을 살피더니 고개를 끄덕하더라.
그리고 계산대 주변에 말없이 서 있어주었지. 그때 '2번남'
이 성큼성큼 다가왔어. 심장이 튀어나올 것만 같았어.

— 닭볶음탕 없어요?
— 네. 그것도 없으면 다 팔린 거예요. 죄송합니다.

그는 옆에 서 있던 '1번남'을 흘끗 보더니 휙 돌아 나갔
고 이어 함께 있어준 '1번남'이 드디어 계산을 하고 나갔
어. 재영씨는 황급히 가방을 챙겨 편의점 문을 걸어 잠그
고 차로 뛰어 들어가 문에 락을 건 후 점주에게 톡을 치고
이미지 전송을 했어.

— 신재영입니다. 매장에 손님이 망치 들고 와서 문 잠그
고 지금 차에 들어왔어요.(사진전송)

벨이 울렸어.

— 네, 점장님!

— 재영씨! 경찰에 신고했어요?

— 아직요.

— 일단 끊어요.

잠시 후 다시 전화가 왔어.

— 네, 점장님!

— 경찰에 신고했어요. 지금 어디에 계세요?

— 제 차 안요.

— 무슨 일이 있던 건 아니죠?

— 네.

— 경찰 불렀으니까 금방 올 거예요. 저도 바로 갈게요!

전화를 끊고 나니 비로소 재영씨는 자신의 손이 미세하게 떨리고 있음을 알아차렸어. 차에 붙어 있는 시계에서 눈을 떼지 못했고 애꿎은 휴대폰만 껐다 켰다 반복했어. 휴대폰도 얼음장이어서 손이 시리고 침이 마르더라. 아파트 입구만 눈이 빠지게 쳐다보며 기다린 시간은 기껏 7~8분 남짓했는데, 1분이 그렇게 긴 시간인지 미처 몰랐어.

드디어 저 멀리서 빨간불 파란불 번갈아 발광하는 차량

　　　편의점 재영씨

이 눈에 들어왔어. 구남친이 와도 이렇게 반가웠을까.

그들이 경찰차에서 내리는 순간, 차에서 뛰어나가 "제가 여기 알바예요!"라고 소리쳤어. 그리고 매장 문을 열고 들여보냈지. 남자 경찰관 두 명에 여자 한 명이 왔더라. 재영씨는 좀 전의 상황을 육하원칙에 맞춰서 또박또박 말해줬어. 그들은 CCTV 녹화된 것들을 뒤지기 시작하고 그 상황을 여러 차례 돌려보곤 사진으로 찍어대기 시작했어.

잠시 후 점주가 왔어.

― 재영씨! 괜찮아요? 네?

― 네, 괜찮아요.

― 어휴. 바로 경찰을 불렀어야지. 그 와중에 CCTV는 뭐
   하려고 캡처를 하고 있었어요?

― 제가 혹시나 잘못 봤나 싶어서…… 또 상황을 보여드
   리려고……

점주가 씩 웃더라.

한 대의 차량이 더 왔고, 네 명의 경찰관이 또 들어왔어. 간간히 들어오는 손님들은 무슨 일인가 싶어 눈을 동그랗게 떴지. 나중에 이야기를 들어보니 강력반 한 팀이 모두 왔었다고 하더라.

나중에 들어온 경찰관 한 명이 또 재영씨에게 상황을 물었어. 좀 전처럼 재영씨는 육하원칙에 맞게 더욱 또박또박 말해줬어. 잠시 후 재영씨와 교대를 할 야간 근무자가 K가 깜짝 놀라며 재영씨에게 무슨 일이냐고 물었지.

— 누나, 무슨 일 있었어요?
— 응. 손님인데 망치를 들고 왔었어.
— 헐! 그래서요? 괜찮아요 누나?

재영씨는 다시금 육하원칙에 입각해 상황을 들려줬지.
잠시 후 다소 연세가 있고 체구가 좋은 경찰 아저씨가 다가오더니 상황을 이야기해보라고. 재영씨가 소리를 꽥 질렀어.

— 몇 번이나 말을 해야 해요! 네?

그 경찰이 순간 멈칫하더니 주변을 둘러보며 말했어.

— 야! 상황 어떻게 된 거야!

다소 젊은 경찰이 후다닥 오더니 재영씨가 이야기한 그

편의점 재영씨

대로 들려줬어.

(현장 보고며 상황 판단 개판으로 하네. 식빵들!)

　재영씨에게 질문을 한 사람이 제일 높았는지 그 사람 앞에서 다른 경찰들이 말을 잘 들었어. 잠시 후 그 높은 아저씨가 재영씨에게 다가왔어.

— 일단 진정 좀 하시고요.

(진정 아까 다 했어.)

— 일단 걱정 마시고 댁으로 들어가세요. 순찰차로 좀 모
　셔다 드릴까요?

(빡치려한다.)

— 저는 제 차로 갈 꺼고요, 근데 이러고 그냥 가라고요?
— 네, 상황을 보니까 뭐 별다른 상해나 파손이 없어서 저
　희가 따로 뭘 해드릴 게 없어요, 현재는.

(뭐가 어쩌고 저째?)

평상시에는 한없이 친절한 재영씨 속에서 뜨거운 게 올라왔다. 주변 사람들이 희뿌옇게 아웃포커싱되었다. 앞에 선 그 높은 아저씨만 또렷하게 초점이 맞춰지는가 싶더니, 결국 폭발해버렸지.

아이유나 가능한 3단 고음이 시작되었다.

— (1단) 그래서! 해줄 게 없다고! 그냥 갔다가! 그 새끼! 또 와서! 사람 죽으면! 당신들이! 책임질 수! 있어요! (2단) 그리고! 피시방! 살인 사건도! 그래서! 사람! 죽었잖아요! (마침내 3단) 그냥 가라니! 그게! 말이나 되냐고여! 뭔가! 대책이라도! 해줘야지! 이게 말이! 되냐고여!

숨이 차더군. 허헉헉.

— 자자, 사모님 진정하시고요.
— 나! 사모 아녜요! 나! 편의점 알바예요!
— 알았어요. 네네. 자자, 그럼 일단 이리로 오세요. 자, 서류를 좀 쓰십시다.

그는 주변인 누군가에게 고개를 까딱했다. 여자 경찰관은 재영씨 팔짱을 끼고 테이블 쪽으로 데려가려 했어. 재영씨는 그 팔짱을 냉정하게 뿌리치고 말했어.

— 나 혼자 갈 수 있어요.

그 여자 경찰관이 민망한 듯 웃더군. 그러곤 종이와 볼펜을 건네주고 소상히 현 상황을 적으라고 일러줬어.

— 내가 알아서 할게요.

재영씨가 제일 재미있어하는 것, 글쓰기!

그런데 말이야 볼펜을 딱 잡고 쓸 자세를 잡았는데 손이 미세하게 떨리는 거 있지. 그래서 재영씨는 이렇게 생각했어.

(페이스북 나의 친구들에게 이 난리판을 글로 설명해준다고 생각하자. 다만 팩트만 기술하고 '다까체'로 쓰면 되는 거라고. 잘 할 수 있어!)

그런데도 손이 달달 떨리는 거야. 그래서 재영씨는 또

생각했어.

(페이스북 나의 친구들과 만나 이 난리판을 말로 설명해준다고 생각하자. 내 앞에 친구들이 있다고 생각하는 거야. 잘 할 수 있어!)

그래서 재영씨는 입말 한번 글말 한번, 입말 한번 글말 한번 이렇게 두 장의 종이를 빼곡하게 채웠지. 그러고 나서 경찰에게 던져주고 집으로 돌아갔어.

* 몇 개월 후 증거불충분으로 그가 무혐의 처리되었다는 서류가 우편으로 왔다.

48
예수와 돌

워크인(편의점 음료진열 냉장고)에서 일을 하고 있으면 귀 머거리가 될 확률이 높다. 안에서 돌아가는 팬 소리가 생 각보다 크다. 음료 채우기 신공을 발휘하고 있던 어느 날.

— 야아아!

워크인 안에서 진열 중이던 음료들을 뒤로하고 계산대 로 향했다.

— 뭐 드릴까요?
— 귓구멍이 막혔어?

귓구멍 운운하는 여자 손님은 코로나로 세상이 아무리

시끄러워도 마스크를 끼고 들어오지 않는 민낯녀다. 그녀는 밤낮 술을 사가고 항상 화가 나 있어서 모든 근무자의 기피 대상 1호다. 정수리에 뿌염을 해야 할 시기도 한참 지났는지 어중간한 지점에 흰머리가 가시 면류관처럼 얹혀 있다. 예수가 이런 모습으로 재영씨 앞에 나타난 것일까.

— 안 막혔는데요?
— 그럼 왜 빨리 쳐 안 나와!

파블로프 말마따나 편의점 근무자들은 종이 울리면 반사적으로 계산대를 향해 전력질주 후 침을 흘려야 하는 파블로프의 개로 길들여져 있기에 그녀의 말이 옳다.

— 안에서 일하느라 들어오신지 몰랐네요. 죄송해요. 근데 왜 반말을 하시죠?
— 빨리 쳐 안 나오니까 빈말을 하지!
— 빨리 안 나오면 반말하는 건가요?
— 와, 이 미친년 좀 보게?
— 왜 욕을 하시죠?
— 말대꾸하니까 욕하지!
— 말대꾸하면 욕해도 되는 건가요? 궁금하니까 대답을

좀 시원하게 해주세요. 네?

— 뭐 이런 돌아이 같은 년이 다 있어. 어디서 굴러먹던 년
이 와가지고.

(어떻게 알았을까? 집에서도 밖에서도 굴러다닌다는 것을!)

— 돌이라 그래요.

— 뭐야?

— 돌이라 굴러다닌다고요. 이끼 끼면 안 되니까요.

— 뭐라고 씨부리는거야 대체!

— 씨 뿌릴 생각은 없고요, 지금 한 번만 더 반말하면 바
로 경찰 부를 거예요. 알았어요? 거기 그대로 계세요?
CCTV는 잘 작동하고 있고. 음…… 증거 제출용으로
녹음도 좀 해야 하니까 거기 가만히 계세요. 아셨죠?

(휴대폰 만지작만지작)

그녀는 재빠르게 매장을 빠져나갔다.

그 후로 재영씨는 휴대폰에 녹음 어플을 깔았지만 사용
한 적은 없다. 귀찮기 때문이다. 자꾸 귀찮아지면 이끼 끼
는데, 큰일이다.

예수는 오늘도 대낮부터 술을 어깨에 메고 가파른 골고
다 길을 오른다.

"엘리 엘리 라마 사박다니"

(Eloi, Eloi, lama sabachthani: 나의 하나님 나의 하나님 어찌하
여 나를 버리셨습니까?)

어쩐다니.

편의점 재영씨

49
심플 아저씨

편의점에 술만 마시고 왔다 하면 두서없이 이야기하는 60대 중반 아저씨가 있었다.

— 내 말 좀 들어봐유. 아 글씨 워치케 요즘 것드뤼 워서 배워 쳐묵은나 으른이 말을 허믄, 기냥 싸가지 읍게 대꾸허고 말여. 잉?

쉴 틈 없는 술주정 때문에 계산을 기다리는 손님들은 한숨을 푹푹 쉬며 줄 서 있기 일쑤였다.

재영씨는 대꾸 안 하고 경찰 출동 버튼을 지그시 눌렀다. 그러곤 아무 일도 없는 듯 손님들의 물건을 차례대로 계산해줬다. 이 와중에도 그는 계속 이야기를 이어갔다.

— 내 말 좀 들어보라구유! 잉?

이윽고 아저씨는 어깨가 넓대대한 두 경찰에 의해 편의점 밖으로 끌려 나갔다. 그는 고개를 돌려 외마디 비명을 질렀다.

— 야 잇년아! 심플 한 갑 줘! 잉?

편의점 재영씨

50
오구오구

손주 참새는 방과 후 방앗간 편의점에 할미꽃을 대동하고 반드시 온다.

월요일.
— 너 이거 먹고 남은 거 집에 있잖냐.
— 이건 새거라고!
— 똑같어.
— 아휴! 싫다고오!

화요일.
— 할머니, 이거.
— 이게 뭐냐.
— 보면 몰라?

— 뭐야 이게?

— 재영 : 장난감 총 안에 껌 몇 개 들어 있는 거예요.

— 너 껌 안 좋아하잖니.

— 사줘, 빨리! 아아! 빨리! 빨리이!

— 얼마예요?

수요일.

— 먹을 수 있는 거 사라, 알았지?

— 이거.

— 그게 뭐냐?

— 아폴로.

— 이게 뭐예요?

— 재영 : 불량식품요!

— 아냐! 불량식품 아니라고!

— 재영 : (참새를 바라보며) 학교에서 어른한테 반말하라

　 고 선생님이 가르쳐주셨나요?

— 참새 : (재영씨를 째려봄) ······

목요일.

참새가 계산대에 포테토칩을 턱 올려놨다.

— 재영 : 안녕하세요?

— 참새 : 네.

— 재영 : 이모한테도 인사해주세요.

— 참새 : (띠껍게) 안녕하세엿.

— 할미꽃 : 얘가 부끄럼이 많아서 그래요.

(동방부끄럼지국)

금요일.

— 얼음 차다. 딴 음료 먹어라.

— 싫어! 난 이게 좋단 말이야!

— 그럼 집 가서 먹자, 우리 강아지.

— 덥다고! 지금 먹을 거야!

— 할미꽃 : 빨대 어딨대요?

— 재영 : 저쪽이요.

— 참새 : (재영씨를 쳐다보며) 해줘!

— 할미꽃 : 오구오구 할미가 해주께, 우리 강아지 이리 온.

참새는 열 살이다. 한국 나이로 10세!

51
오냐오냐

엄마 곰은 퇴근 후 저녁마다 참이슬 한 병, 에쎄 수 두 갑, 마이구미 두 봉, 빵 두 개를 사갔다.

— 퇴근 안 한대유?

— 십 분 남았어요.

— 이 그류. 울 아덜이 이걸 안 사가믄 아침을 굶고 가유. 뭣 점 챙겨 묵고 가라구 혀두 일절 손 하나 까딱 안유.

— 시키세요.

— 아유 뭘 시킨대유. 또 뭔 말하믄 지럴거려유.

— 아네. 이거 다 아드님 꺼예요?

— 나랑 노나 먹는 것들이쥬. 간식덜은 아들래미 꺼구유. 난 쏘주 안 먹음 잠 안와 아조 죽겄슈.

편의점 재영씨

재영씨는 엄마 곰 체력이 갑이라 생각했다. 매일 소주 한 병을 마시고도 일터에서 열네 시간을 어떻게 버틸까 싶었다. 60대의 나이에. 정신력일까.

어느 날 '나 엄마 곰의 아들이요' 할 만큼 엄마 곰과 빼박인 아들 곰이 왔다. 다만 턱 언저리에 수염 난 것만 빼고.

— 에쎄 수 담배 두 갑 주세요.

— 느이 엄마, 곰이지?

— 어? 어떻게 아셨어요?

아들 곰은 엄마가 곰이라는 걸 알고 있는 재영씨에게 깍듯하게 인사하고 천천히 곰발바닥 자국을 남기고 숲속으로 사라졌다. 아들 곰은 대략 30대 중반의 직딩이었는데, 마이구미를 먹는 걸로 보아 초딩 입맛임에 틀림없었다.

토끼들이 산에서 깡충깡충 노닐던 봄단풍 금요일, 엄마 곰과 아들 곰이 함께 편의점에 왔다.

— 아덜, 뭐 사주랴?

— 골라볼게!

뒤적뒤적 몇십 분을 들었다 놨다 들었다 놨다 하더니 계산대에 2+1 하는 냉동만두를 툭 하고 올려놨다.

— 엄마 곰: 아덜, 더 고르지 그려. 요즘 이늠이 통 밥을
안 먹어유.

— 아들 곰: 아오, 살 빼야 한다고 몇 번 말했어!

— 엄마 곰: 오냐오냐.

— 재영: 다이어트 하시나보죠?

— 아들 곰: 아, 넵.

— 재영: 만두 칼로리 높은데요.

— 아들 곰: 쌀밥만 안 먹음 돼요.

— 엄마 곰: 그려그려. 아덜, 뭐라두 묵어야 혀.

엄마 곰은 만두가 담긴 검은 비닐봉지를 달랑거리며 아
들 곰과 숲속으로 난 길을 향하여 둔하게 걸어갔다.

편의점 재영씨

52
재영씨는 짱구

재영씨, 오늘의 짱구 짓.

20~30대 남성 손님

— 담배 주세요.

— 시른뎅.

(웃어주고 감)

20~40대 여성 손님

— 담배 주세요.

— 민증 까실래요?

(한 갑 사려다 보루로 삼)

50대 남성 손님

— 담배 주세요.

— 담배는 커피가 있어야 맛있지 않나요?

(커피 가지러 감)

60대 여성 손님

— 담배 주세요.

— 이미 꺼내놨죠.(바코드 삐빅!)

(집밥스러운 반찬 싸다 주심)

60대 남성 손님

— 담배 주세요.

— 담배 태우시는데도 어쩜 그렇게 젊어 보이세요?

(커피나 음료 뭐든 하나 고르라 하심)

53
보물찾기

편의점에서 처음 일할 때 가장 당황스러웠던 것은 손님들이 "○○ 어디 있어요?"라고 물을 때였다.

대부분 신입 때 계산하는 포스 위주로만 교육을 하기 때문에 근무자도 매장이 낯설기 마련이다. 그래서 재영씨는 자신의 이런 경험을 토대로 신입들이 당황하지 않게 교육을 받으러 온 첫날 서로의 통성명 후 생수를 손에 쥐어주고 이렇게 말한다.

— 늦을까봐 서둘러 오느라고 힘들었을 거고 낯선 곳에서 일 배우러 왔으니 또 긴장될 거고. 그렇죠?

다들 웃음으로 대답한다.

— 자, 물 드시면서 찬찬히 매장을 둘러보세요. 손님으로 편의점에 들어올 때랑 계산대에서 손님을 바라볼 때랑 완전히 다른 공간이거든요. 공간이 익숙해져야 일단 마음이 편해져요. 뭐가 어디 있는지도 보고 대략 어떻게 이 공간이 구성되어 있는지도 둘러보세요. 자세히 눈에 들어오는 건 좀 시간이 걸리거든요. 뭐든 그렇잖아요?

따져보니 편의점에서 일한 지 3년이 넘었다. 3개월 버틸수 있을까 했던 그녀였다. 본인도 손님으로 타 매장에 가면 자신이 찾는 물건이 어디 비치되어 있는지 어른어른하다. 편의점은 공간 대비 많은 물건이 빼곡히 쌓여 있다보니 그렇다. 그러니 손님들은 오죽하랴. 특히 그들은 눈앞에 바로 있는 물건을 잘 못 찾는다. 등잔 밑이 어둡단 말은 사실이다.

말로 설명하는 것보다는 직접 가서 알려주는 게 서로 좋을 듯해서 웬만하면 재영씨는 다가가 가르쳐준다. 무릎이 아픈 할머니들께는 직접 가져다 계산한 후에 손에 쥐어드린다. 그럴 때 할머니가 고맙다고 100원을 용돈으로 주실 때도 있다. 그리고 물건이 어디 있는지 아는데도 어디 있냐고 물어보는 손님도 있다. 재영씨가 가까이 가는 게 좋

편의점 재영씨

은가 보다 한다. 그러려니 한다. 재영씨도 재영씨가 좋은데 그 손님은 재영씨가 얼마나 좋으랴.

그런데 손님들이 단 한 번도 어디 있냐고 묻는 일 없이 잘도 찾아내는 물건이 있다. 바로 '콘돔'이다.

54
봉지라면

크리스마스 며칠 전 초등학교 3학년 남자아이 셋이 왔다. 라면 매대 앞에서 한참 회의를 하기 시작했다.

— 아이 1: 투 플러스 원 하는 걸 사야 해.

— 아이 2: 투 플러스 원 하는 건 다 맛없어!

— 아이 3: (아이 2를 향해) 그니까 누가 1000원만 가져오래?

— 아이 2: ……

— 아이 1: 나도 1000원 있으니까 일단 골라보자. 그래도 새우탕면은 맛있긴 하거든.

부스럭부스럭, 뒤적뒤적, 들었다 났다, 들어다 났다.

편의점 재영씨

— 재영: 뭔가 협의가 잘 안 돼?

— 아이 1: 네! 원래 제 휴대폰에 모바일 상품권이 많잖아요?

— 재영: 많지.

— 아이 1: 근데 어제 휴대폰 떨어뜨려서 액정이 나갔어요. 그래서 오늘은 돈 주고 사 먹어야 해요.

— 재영: 어머나, 휴대폰 어떡해?

— 아이 1+2+3: 고치는 데 20만 원 든대요!

— 재영: 어머나, 어머나! 그래서 2000원으로 셋이 사 먹어야 하는 거구나?

— 아이 1+2+3: 맞아요!

— 아이 1: 근데 투 플러스 원으로 컵라면 세 개 사려고 해도 300원이 부족해요.

— 아이 3: 근데 그건 다 맛도 없어요!

— 재영: 그럼 육개장 사발면 두 개 사서 나눠 먹는 건 어때?

— 아이 1+2: 아이 3이 매운 걸 못 먹어요!

— 재영: 저런. 그럼 김밥 사서 나눠 먹을래?

— 아이 1+2+3: 우리 김밥 싫어해요!

— 재영: 그럼 삼각김밥은?

— 아이 1+2+3: 그건 맨날 먹어서 질렸어요!

― 재영: 음…… 느이들 약과 좋아해? 이건 양도 많고 나눠 먹기 딱인데. 어때?

― 아이 3: 전 그런 거 안 먹어요.

― 아이 1+2+3: 우린 라면이 먹고 싶다고요!

― 아이 1: 어차피 3개 팔아도 판 거니까 300원 디씨 해주시면 안 돼요?

― 재영: 내가 주인이 아니라 그건 좀 어렵겠는데?

― 아이 3: 그럼 아줌마가 300원 내주시면 안 돼요?

― 재영: 난 카드밖에 안 가지고 다녀.

― 아이 3: 그럼 우리가 2000원 드리고 아줌마가 카드로 해주시면 되죠.

(얘는 왜 말끝마다 아줌마래.)

― 재영: 내가 왜?

― 아이 1+2+3: 하하히!

― 재영: 느이 봉지라면이라고 알아?

태권도 도복을 입고 테이블에서 컵라면을 먹고 있던 또 다른 초등학생이 대답을 대신 했다.

— 도복 아이: 저 그거 미국에서 먹어봤어요!

— 아이 1＋2＋3: 맛있어?

— 도복 아이: 어, 형아. 맛있어!

(병장 만기 제대한 남자들이나 맛있다고 하는 봉지라면을 어린 아이가 미국에서 먹어보고는 맛있다고 하다니!)

— 재영: 그럼 느이들 봉지라면 한번 먹어볼래?

— 아이 1＋2＋3: 네!

재영씨는 컵라면보다 가격이 더 착한 봉지라면에 뜨거운 물을 부은 후 노란 고무줄로 칭칭 감아 아이들에게 쥐어주었다.

— 재영: 뜨거우니까 꼭지 잘 잡아.

아이들은 크리스마스 선물을 미리 받은 표정으로 테이블로 모여들었다. 끓인 라면에 비할 바는 못 되었지만 아이들은 종이컵에 덜어 먹으며 맛있다, 맛있다 했다. 재영씨는 '국자가 있었으면 국물도 덜어줄 텐데' 했다.

55
새벽에 일하는 사람들

편의점 알바를 처음 시작했을 때 이태원에서 야간 타임 일을 했다. 밤 10시에서 아침 7시까지 근무했다. 밤새는 것을 좋아했기 때문에 재영씨에게 밤에 일하는 것은 그다지 어려운 일이 아니었다. 그런 그녀도 새벽 4, 5시가 되면 졸음이 왔다. 졸린 시간이 되면 찾아오는 이들이 있었다.

청소 노동자, 이주 노동자 그리고 편의점 배송 기사. 그들은 모두 조끼를 입고 있었다. 재영씨도 그랬다. 세잔의 「조끼를 입은 소년」의 것처럼 꼭 끼면 불편하고 무엇보다 주머니가 많을수록 편한 조끼를 입은 사람 가운데 조끼조차 없이 일하는 이가 있었다. 앞니가 없던 청소부 아저씨 옆에 항상 함께 다니던 아주머니. 처음에는 그녀가 아저씨의 아내인 줄 알았다.

편의점 재영씨

― 집에 물 좀 사가야 하는데 100원이 모자라요. 집에 갔
다 와서 줄게요.

― 죄송하지만 안 돼요.

― 에이, 금방 갖다줄게요.

― 안 돼요.

― 아이 참 100원 가지고 그래요. 바늘로 찔러도 피도 안
나겠네!

― 바늘로 찔러서 피가 나든 안 나든 10원도 안 돼요. 죄
송해요.

아주머니는 출입문을 확 밀치고 나갔다. 잠시 후 100원
을 채우고 물을 가져갔다.

몇 개월 후, 한겨울 새벽.

― (문을 열고 얼굴만 빼꼼 드밀어) 걸레가 꽝꽝 얼었어.

― 여기 남아도는 게 뜨거운 물이잖아요. 추워요. 문 닫
고 빨리 들어오세요.

― 여기서 좀 녹여도 돼?

― (컵라면 물 내리는 온수기를 가리키며) 바케스 있죠? 찬
물이랑 조금 섞어서 걸레 담가놓으세요.

— 어, 알았어!

— 추운데 왜 장갑도 안 끼고 일해요? 맨손이라 손 다 얼어 터지겠네.

— 고무장갑 있어.

— 고무장갑 가지고 되겠어요?

— 암만 날이 추워도 일하면 더워.

— 맞아요. 그건 그래요. 그 걸레는 뭐 닦는 데 써요?

— 이거? 쓰레기통 닦는 데 쓰지. 아저씨들은 쓰레기는 잘 치워도 이거 닦는 거 싫어들 해. 이것도 야무지게 잘 닦으면 일도 잘 줘.

— 아…… 전 아저씨가 남편인 줄 알았어요.

— 다 그렇게들 알지. 애들 아빠는 나이가 많고 몸도 아프고 해서 병원에 있어.

— 그러세요?

— 여름에 말이야, 어떤 여편네가 김치 통 큰 거를 줬어. 신 김치 좋아하냐고 그러데? 좋다고 받았는데 열어보니까 아 글쎄 곰팡이가 잔뜩 핀 거야.

— ……

— 어째 사람한테 주는 걸, 지도 못 먹는 걸 주고 그런다니. 음식물 쓰레기 버리기 귀찮아서 나한테 줬더라고.

— 그 여편네 이름 혹시 '김포자' 아녔어요?

편의점 재영씨

— 이름을 난 모르지.

— 아마 '김포자'일거예요. 아녀도 상관없으니 우리 이제
'김포자'라고 부르기로 해요.

— 포기김치였으니까 '김포자'가 맞는가 보다. 아하하하
하! 걸레 다 녹았네. 나 일하러 갈게. 고마워.

— 물 값 100원 내고 가야죠!

— 히히, 갔다 와서 줄게!

— 알았어요. 고생하세요.

— 재영씨도 아침에 퇴근 잘 해.

56
경비 아저씨

경비 아저씨도 편의점의 단골이다. 두 분이 교대로 일을 한다. 그분들은 감색 모자와 같은 색상의 상하의를 입었다. 더워지면 하늘색 셔츠로 갈아 입는다. 1년 내내 왼쪽 가슴에 박힌 글귀만 변함이 없었다.

'다하라'

재영씨는 그것을 볼 적마다 자신의 왼쪽 가슴이 아렸다. 그 밑에 이렇게 써드리고 싶었다.

'그러나 그때그때 달라요.'

57
여자의 마음

맑았다 흐렸다 비 왔다 갰다 하는 봄날이었다.

— 50대 손님 : 날이 또 이러네. 바람 불고?

— 40대 재영 : 봄이라 이랬다저랬다 하네요?

— 50대 손님 : 여자의 마음처럼.

— 40대 재영 : 50대는 하늘의 명을 안다는데 50 돼도 왔
다 갔다 그래요?

— 50대 손님 : 그러엄!

그때, 워크인에서 막걸리 한 병 꺼내오던 60대 손님이
다가왔다.

— 40대 재영 : 60대 되면 진짜 귀가 순해져요?

— 60대 손님: (웃으며) 40이 되어보니 유혹에 안 흔들리디? 난 귓구녕이 더 시끄러지드만.

공자도 깨갱하게 만드는 손님이었다.

— 40대 재영: 70대 언니 오면 또 물어봐야지!
— 50대＋60대 손님: 물어보고 알려줘!

* 『논어論語』「위정爲政」편에 다음과 같은 이야기가 나온다.
　"나는 열다섯에 학문에 뜻을 두었고, 서른 살에 섰으며, 마흔 살에 미혹되지 않았고, 쉰 살에 천명을 알았으며, 예순 살에 귀가 순해졌고, 일흔 살에 마음이 하고자 하는 바를 따랐지만 법도를 넘지 않았다."
　이에 15세를 지학志學, 30세를 이립而立, 40세를 불혹不惑, 50세를 지천명知天命, 60세를 이순耳順, 70세를 종심從心이라고 부른다.

58
형님

　형님은 주말 오후에 근무하는 68세 알바다. 호칭은 점
주가 지어줬다. 손주에게 줄 용돈도 벌고 또 주말에 잔소
리하는 마누라 꼴 보기 싫어서 일하러 나왔다고. 당시에
재영씨는 평일 야간근무를 하고 있었다. 일요일 저녁 형
님이 퇴근하고 재영씨가 출근하는 교대 시간, 일주일에 딱
한 번 만나는 동료였다. 형님이 평일에 취미로 합창단에서
노래를 부르신다는 건 한참 지나고 알았다.

　— 음악 좋아하죠?

그가 CD를 슥 내밀었다.

　— 내가 노래에 취미가 있어서 활동을 좀 하는데…… 거

기서 만들어준 거예요. 한번 들어봐요. 들을 만한가 아닌가. 허허!

그런 형님을 손님들은 싫어했다.

— 언니! 그 할아버지 답답해 죽겠어요 아주!
— 주인예요? 아니 왜 늙은이를 써요?
— 여기 사장이세요? 일할 사람이 그렇게 없어요?

재영씨에게 하소연하는 손님이 많았다. 가장 큰 이유는 계산이 너무나 느리다는 것이다. 빠른 것이 미덕인 세상에서 형님의 속도는 더뎠다.

— 형님, 일하시기 어떠세요?
— 다른 거야 뭐…… 어렵진 않지. 아 근데 손님들 상대하기가 여간 힘든 게 아니네? 앞에서 인상 쓰대고 그러면 알던 것도 기억이 안 나고 그런다니까. 허허!
— 저도 그래요.
— 그래도 뭐…… 이 나이에 일할 수 있다는 게 얼마나 좋아. 근데 생각보다 포스 다루는 게 영 어렵네?
— 형님, 포스 다루는 건 자꾸 반복하시면 돼요.

편의점 재영씨

— 뒤돌아서면 잊어버리고 뒤돌아서면 잊어버리고 하네 내가? 재영씨가 올 적마다 좀 알려줘요.

— 알았어요. 일하시면서 막히는 것들 쭉 적어서 저랑 만나는 날 물어보세요. 아셨죠?

주말.

재영씨는 형님이 어떻게 일하시는지 보려고 일부러 편의점에 갔다. 계산하기 복잡하게 결제해달라고 해봤다. 일단 형님은 재영씨가 골라온 물건의 바코드를 스캐너에 대고 찍는 동작이 느렸다. 레이저 초점을 잘 못 맞추는 문제가 있었다. 세월아 네월아. 슬로우 슬로우 고고. 이렇게 물건을 다 찍은 후 포스를 쳐다보더니 안경 너머로 모니터를 바라봤다. 그리고 나서 안경을 살짝 내리더니 고개를 숙이고 다시 모니터를 뚫어지게 바라봤다. 슬로모션으로 보는 편의점 영화! 이것을 기다리는 시간 동안 손님들의 속은 부글거리기 시작할 것이다.

— 재영씨, 아까 계산 어떻게 해달라고 했죠?

했던 말을 또 반복하게 하는 구간에서는 손님들의 인상

이 구겨질 것이다.

　— 이건 이렇게, 저건 저렇게 계산해주세요.

　— 허이구, 그거 배웠는데 영 생각이 안 나네. 허허!

　— 손님들이 이렇게 해달라고 할 땐 어떻게 하셨어요?

　— 그럴 땐 모르니까 모른다고 하고 돌려보냈지. 달리 방
　　법이 있나?

　— 그냥 알았다고 하고 곱게 갔어요?

　— 곱게 가면 다행이고. 안 그러면 젊은 애들한테 싫은 소
　　리 듣는 거고. 그럴 때마다 더러워서 못 해먹겠다는 생
　　각도 들고……

　일을 가르쳐드릴 시간이 넉넉하다면 아테네 방식의 교
육을 해드릴 수 있었지만 상황이 그렇지 못했기 때문에 재
영씨는 교대 시간을 이용해 스파르타 방식으로 형님에게
일을 가르쳐드렸다.

　— '이렇게 이렇게' 해보세요.

　— 아니 내가 '저렇게 저렇게' 했는데도 되던데?

　— 그래도 되는데, '이렇게 이렇게'가 빨라요.

　— '저렇게 저렇게'가 난 더 편하던데.

　　　　　편의점 재영씨

재영씨는 관대하다.

— 형님, 내가 편한 방법 말고 남이 편한 방법으로 해주셔
  야 해요.
— 남이 편한 방법? 하이고, 뭐가 이렇게 복잡하고 알아
  야 할 것도 많고 참나.
— 자, 그리고 간혹 바코드 안 찍히는 물건이 있을 수 있
  어요. 그럴 때는 당황하지 마시고 이렇게 여기에다 직
  접 손으로 자판을 눌러서 치면 돼요. 자, 쳐보세요. 숫
  자 하나하나 치면 돼요. 5_017942_1000024!
— 하이고, 숫자가 길어서 잘 뵈지도 않아!
— 오, 공일칠구사이 일공공공공이사!
— 하이고, 좀 천천히 불러봐요 좀. 재영씨 승질 은근 급
  하네 거참.

재영씨는 관대할까?

— 형님, 일 배우실 때는 좀 떫어도 그냥 알겠다고 하고
  하셔야 해요. 안 그러면 어디서든 일 배우기 힘들어요.
— 하이고, 나이 먹고 배우려니 참 나.
— 나이 때문에 못하는 거 없어요. 10번 해서 안 되면,

30번 아니 100번이라도 반복하면 된다고요! 형님한 테 가르쳐드릴 거 많은데 우리 이러느라 시간 허비하지 말자고요 좀!

형님은 '허어' 하며 느린 한숨을 내쉬었다.

— 나 담배 좀 한 대 피고 올게요.

숨고르기를 하고 매장 안으로 들어온 형님은 또다시 지난번처럼 안경을 올렸다 내렸다 하며 슬로모션으로 보는 편의점 영화 한 장면을 연출했다.

'너의 젊음이 너의 노력으로 인한 상이 아니듯, 나의 늙음도 나의 죄로 인한 벌이 아니다.'

영화 「은교」 대사가 떠올랐다.

재영씨는 관대해야만 했다.

— 형님, 돋보기 있죠?
— 응, 집에 있어요.
— 왜 안 가지고 다니세요?
— 허이구, 그거 쓰면 노친네처럼 보인다구!

— 그럼 뭘로 보이고 싶으신데요? 오빠?

— 허허허허허허!

— 자, 오라버니 잘 보세요. 이렇게 이렇게……

— 저렇게 저렇게……

— 자, 오라버니 토 달지 마시고 이렇게 이렇게…… 해보
세요…… 그렇죠 그렇죠! 거봐 되잖아요. 잘하시면서
왜 그래요 왜!

— 허허허허허허!

오빠가 되고 싶었던 형님은 오래지 않아 어떤 아들 뻘
손님에게 멱살을 잡힌 후 일을 그만두셨다.

59
사랑하라, 한 번도 돈 없지 않은 것처럼

— 남자: 사.

— 여자: 싫어.

— 남자: 사라고!

— 여자: 싫다고!

몇 발자국 떨어진 곳에 있는 20대 남녀의 대화다. 닮지는 않았는데 여자 손님이 나이가 좀 많아 보여 남매인가 했다. 이들은 계산대 앞에 서면 긴장했다. 재영씨 앞에서 계산을 할 적마다 그들이 가진 돈에 비해 골라온 물건 값이 종종 더 많이 나오곤 했기 때문이다.

— 남자: 이거 뺄게요!

— 여자: 하…… 쪽팔려 진짜.

편의점 재영씨

언젠가 밤에 남자 손님이 임신 테스트기를 찾고, 다음날 여자 손님이 또 사가는 것을 보고 그들이 커플이었다는 사실을 알았다.

　편의점에서 쪽팔리지 않아도 되고 여기저기 좋은 데서 데이트도 하고 청첩장도 돌리고 불안에 떨며 임신 테스트기를 사지 않아도 되는, 우리 20대들이 사랑 뿜뿜하는 세상이 오면 얼마나 좋을까. 마음껏 사랑하지도 못하게 하는 세상이 진짜 쪽팔린 거라고 재영씨는 생각했다.

60
나와 동료들

동료 M.

— M : 언니, 아니 내가 소개팅할 거라니까 남동생이 뼈
　　때렸잖아.

— 재영 : 뭐? 남동생이 네 뼈를 때린다고?

— M : 아우 참! 요즘 팩폭하는 걸 뼈 때린다고 해요.

— 재영 : 팩폭?

— M : 팩트 폭행!

— 재영 : 팩트 체크는 아는데 그건 또 처음 듣네. 여하튼
　　뭐라고 뼈를 때렸는데 그래?

— M : 아니 글쎄, 편의점 알바 하는 주제에 무슨 소개팅
　　이냐고.

— 재영 : 편의점 알바는 소개팅하면 안 된대?

— M : 쪽팔린다 이거지.

— 재영 : 뭐가 쪽팔린다는 거야?

— M : 취업도 안 돼서 빌빌거리고 편의점 알바나 하는데
남자 만나기 쪽팔리지도 않냐고 그러는 거야 글쎄.

— 재영 : 너는 어떻게 생각하는데.

— M : 나도 뭐…… 좀…… 대기업 다닌다고 하는 게 아
무래도 훨 낫지.

— 재영 : 소개팅남은 뭐하는 사람인데?

— M : L사 다닌대.

— 재영 : 그럼 넌 G사 다닌다고 해라?

— M : 아우 언니이!

— 재영 : 왜 소개팅남이 너 편의점 알바 한다고 싫어하는
내색이라도 했어?

— M : 아니, 나 말 안했어. 그냥 공무원 시험 준비한다고
만 했어.

— 재영 : 공무원 준비하면서 편의점 알바로 용돈 벌고 있
다고 하면 되지.

— M : 그럴까 그럼?

— 재영 : 공무원 준비하면서 부모님한테 손 안 벌리고 시
간 쪼개서 일하는 게 집에서 빌붙어 공부하는 것보다
훨 훌륭해.

— M : 헐.

— 재영 : 헐은 무슨 헐이야. 훌륭하다니깐.

— M : 그치 언니?

— 재영 : 당연하지. 언니는 너보다 훨 나이 많았을 때도 부모님한테 빌붙어 산 사람이야. 지금 생각하면 나 거머리였던 거 같아. 아님 기생충?

— M : 아우 언니이!

— 재영 : 소개팅남 어떻게 생겼어?

— M : 보여줄까?

— 재영 : 야, 빨리 봐봐. 빨리!

M은 사진함을 한참이나 뒤적거리더니 뽀샵으로 점철된 그의 사진을 쑥 드밀었다.

— M : 자! 어때?

재영씨는 한참 들여다보고 한마디 했다.

— 재영 : 야, 네가 아까워. 만나지 마.

— M : 진짜야?

— 재영 : 넌 강수연 닮았어!

— 동료 M: 강수연이 누군데?

그날은 재영씨가 옛날 사람이라는 것을 알아차린 날이다.

동료 N.

— N: 누나, 나 마트 쪽으로 옮길까봐요.

— 재영: 왜?

— N: 여친이 동갑인데 내년에 서른 된다고 자꾸 결혼하
  자고 그래서요.

— 재영: 얼마나 사귀었어?

— N: 1년 좀 넘었는데, 자취를 오래 한 친구라 빨리 가정
  을 꾸리고 싶어해요. 그건 저도 마찬가지라.

— 재영: 아, 그렇구나. 마트 쪽은 어떤 게 좋아?

— N: 저는 솔직히 편의점에서 일하는 거 좋아요. 자격
  증 공부하면서 돈 벌기 딱이긴 한데…… 따님 달라고
  인사드리러 가서 뭐 하냐고 물어보실 때 편의점 알바
  한다고 하기가 좀 그래서요. 그리고 공돌이라 당장 어
  디 취업하기도 좀……

— 재영: 마트는 괜찮아?

— N: 일단 시급이 아니라 월급 받고, 또 직원이면 혜택

도 있는 것 같더라고요.

— 재영: 캐셔는 아닐 테고 물류 쪽에서 일하려고?

— N: 네. 지게차 자격증 있어서 괜찮을 거 같긴 해요. 코로나 때문에 택배가 돈은 잘 버는데 제가 군대에서 무릎이 나가는 바람에. 하⋯⋯ 시발.

그때 손님이 들어왔다.

— N: 교대 금방 해줘야 누나가 일을 하시는데 제가 말이 많았죠.

— 재영: 응.

— N: 하하하. 그럼 누나 낼 뵈어요. 수고하세요!

N은 미세하게 다리를 절며 편의점 문을 열고 나갔다.

동료 M.

— M: 아우, 언니 나 오늘 짜증났잖아.

— 재영: 넌 맨날 짜증나잖아.

— M: 아니 글쎄, 그 아저씨가 오늘은 명함 주고 갔어.

— 재영: 그 사람?

— M: 어!

그 사람은 50대 중반 정도 되는 퀵 서비스 기사다. 차림
새가 헬멧을 썼을 때는 20대로 보이는데 벗고 나면 제 나
이로 보이는 손님이다. 허스키한 목소리로 근무자들에게
농담을 던지곤 하는데 재영씨를 '이쁜 언니'라고 부르는
남자.

— 재영: 명함 왜 준거야?

— M: 연락하라고.

— 재영: 왜?

— M: 갑분 TMI를 줄줄 늘어놓는 거야, 글쎄!

— 재영: TMI가 뭔데?

— M: 궁금하지도 않은 지 얘기 줄줄 늘어놓는 거.

— 재영: 뭐라고 늘어놨는데?

— M: 아니 글쎄, 자기 솔로라고 외롭대. 나랑 사귀자 그
러면서 명함 틱 놓고 갔어! 이젠 밖에서 오토바이 소
리만 나도 무섭게 생겼어.

— 재영: 미쳤나보다. 그 아저씨 느네 아빠뻘 아니니?

— M: 그니까! 우리 아빠가 더 젊어 언니!

— 재영: 느네 아빠 몇 살인데?

— M: 50대 초반! 언니한테 우리 아빠는 오빠라구!

— 재영: 너 짜증났다고 나한테 팩폭하는 거니? 그런 거니?

— M: 아하하하하하하!

— 재영: 너가 강수연, 아니 아이유 닮아서 그래. 일단 담
엔 무조건 경찰에 신고해 알았어?

— M: 언닌 요즘 사람 아이유밖에 모르지?

그날은 M이 재영씨 뼈 때린 날이었다.

61
천국

　대한민국에는 천국이 두 개 있다. 김밥천국과 알바천국.

　재영씨는 알바천국으로 들어갔다. 검색창에 편의점이
라고 치면 점포 위치, 주간 야간 여부, 요일과 시간대 그리
고 시급 이런 순서로 구인광고 제목이 쓰여 있다. 자신과
조건이 맞는 곳이다 싶으면 일단 들어가보는 거다. 모집
조건은 상시고 성별과 학력은 무관인데 연령 제한이 있는
곳도 있다. 업무는 매장 관리 및 판매 그리고 청소 이 정도
로 쓰여 있다.

　다만 4대 보험이 되는 곳도 있고 아닌 곳도 있다. 4, 5년
전만 해도 평일 근무는 주간이든 야간이든 대부분 월~금
이었는데 언젠가부터 월화, 수목금, 이런 식으로 요일을
나누어 사람을 구한다는 글이 많다. 이유는 주휴수당과 관

련이 있다. (일주일에 15시간 이상 일하는 근로자에게 일주일에 하루씩 유급휴일을 주는 제도를 말한다. 근로기준법 제55조에 따르면 사용자는 일주일 동안 소정의 근로일수를 개근한 노동자에게 1주일에 평균 1회 이상의 유급휴일을 주어야 하며, 이를 주휴일이라 한다. 주휴수당은 이 주휴일에 하루치 임금을 별도 산정하여 지급해야 하는 수당을 말한다.)

20대 초반부터 70대에 가까운 형님까지 남녀노소 아르바이트생을 만나보았는데 젊은 친구들은 부당한 대우를 받고 마음이 상해 그만둔 경험이 있는 경우가 10명 중 7명이었고 형님 또래의 분들은 포스 등을 잘 다루지 못해 부적응으로 그만둔 경험이 10명 중 10명이었다.

재영씨가 이런 사실을 알게 된 것은 그들을 교육할 때였다. 이런저런 이야기를 들을 수 있었다. 다들 이렇게 말했다.

— 일하는 건 얼마든지 할 수 있어요. 그런데 사람 때문에 힘들어요.

그것은 편의점이 아니라 어딜 가도 마찬가지. 재영씨는 그들에게 이렇게 말해주었다.

— 여기서 그걸 못 견디면 다른 데 가서도 못 견뎌요. 그

러니까 여기서 트레이닝하면 취업한 그곳에서 에이스처럼 일할 수 있어요. 힘들겠지만 공부다 생각하고 같이 해봐요 우리.

이 말을 하면 어린 친구들의 눈에서 빛이 나곤 했다.

저렇게 말한 재영씨는 과연 어땠을까? 스무 살 갓 넘은 친구가 일은 할 만한데 사람이 힘들다고 했을 때 '나는 일도 힘들고 사람도 힘들어'라고 생각했었다.

힘들지 않은 일이 어디 있으랴. 흔히 남의 돈 내 주머니로 넣는 게 세상에서 가장 힘든 일이라고 하지 않던가. 뼈 때리는 말이지만 이건 팩트다.

재영씨는 세상을 알바천국에서 배웠다.

62
페니점 2

페니점에 한 번도 안 가본 사람들은 있어도 한 번만 가본 사람들은 없다.

오전에는 아이들 학교 보내놓고 커피 사러 오는 어머니들이, 점심에는 밖에서 일하는 노동자들이 끼니를 때우기 위해 페니점에 온다. 페니점은 해가 기울면 일터에서 고단한 발걸음으로 혼밥족들이 몰려드는 곳이기도 하다.

이곳은 그저 하루살이에 필요한 것들로만 진열되어 있는 장수다. 우리는 이곳을 '편의점'이라고 부른다.

서민들의 삶이란 게 그저 삼양라면을 먹어볼까 너구리를 먹어볼까 하는 작은 선택의 과정 그리고 여기서 소확행 (소소하지만 확실한 행복) 할 수 있는 것이 전부라면 전부다. 그래서 이곳은 누구에게나 차지도 넘치지도 않는 필요와 만족을 불가근불가원하게 안겨주는 평등과 자비의 핫 플

편의점 재영씨

레이스이기도 하다. 그렇기 때문에 자신의 주거지 인근에 편의점이 있다는 것만으로도 얼마나 삶에 안정감을 받는지 모른다.

누울 자리 뻗을 만큼의 단칸방에 코딱지만 한 냉장고를 대신해 커다란 냉장고에 보관해두었다가 내가 원하면 언제든 가서 꺼내 먹는 냉동식품과 캔 맥주. 무엇이든 해결해줄 것만 같은 그녀가 있는 곳, 페니점.

그곳에서 사람들은 자신의 물건을 찾으러 온 듯 들어와서는 무엇인가 비닐봉지에 담아가지만 그 짧은 순간에 몇 마디의 말과 표정으로 그들의 감정을 흘리고 간다. 때론 그것이 반복되어 서로에게 인식되고 이렇게 이야기가 쌓여가곤 했다. 재영씨는 여기서 그것들을 주워 담았을 뿐이다. 짬이 날 때마다 계산대 구석에 앉아 휴대폰으로 한 글자 한 글자 썼던 것들이 이렇게 7만 자가 넘는 글이 되었다. 세월이 글을 써주었다.

나가는 말

혹시나 빠뜨린 이야기가 있을까 싶어 한번 더
들어와봤습니다.
빈곳을 채우는 게 제 일이었으니까요.
그럼, 안녕히 가세요!

끝.

아무튼 여하튼 어마무쉬 언빌리버블!

첫 번째 이야기, '편의점 출근길에서'를 읽고는 감전된 듯 튕겨 일어났다. 따뜻한 햇살이 세상 모든 것을 비추어 어디에서나 윤슬의 눈부심을 느낄 수 있는 봄날 오후의 서정이 더불어 사는 세상에 대한 통찰력과 어우러져 잊혀져 가던 감성을 불러낸다. 아름답고 정제된 글이다. 단숨에 읽히지만 자꾸만 멈춰서서 뒤돌아보게 된다. 여운이 깊다.

아래층으로 내려가서 콜드브루 라떼를 만들었다. 내려가면서, 만들면서, 올라오면서 몇 번이나 멈춰섰는지 모른다. 재영씨 이야기에는 슬픔과 기쁨, 희망과 절망, 행복과 불행이 아지랑이처럼 흔들리고 있다. 사소한 구체성이 너무나 평범하지만 더없이 특별하다.

다시 책상 앞으로 돌아와 앉았다. 교정지가 멀리서 불어온 선풍기 바람을 맞아 사그락거린다. 실내에 갇힌 식물들은 콧바람을 쐬어야 산다. 딴청을 부렸다. 이거 어떻게 끝나는 이야기더라? 교정지 더미에서 맨 아래 장을 꺼냈다. 마지막 이야기는 62번이고 제목은 '페니점 2'였다. 여기에 각운이? 설마! 일단 읽어보았다. 출근길에 비하면 서사적이지만 7만 자를 넘게 쓰고 난 뒤의 달콤한 피로감이 느껴진다. 험한 물길을 지나온 뒤 몰아쉬는 안도감, 하늘 아래 편안한 곳, 천안에서.

'페니점 2'가 마지막이라면 '페니점 1'은 어디에 있지? 차례를 보니 18번이다. 그런데 하필 십팔 번째? 읽어보았다. 짧지만 강한 서스펜스를 불러일으키는 한 편의 드라마 프롤로그다. 그렇다면 17번까지는 페니점으로 가는 길인감? 네비에 목적지를 찍고 나서 보기로 했다. 첫 번째 모퉁이에서 만난 '라면 소년'은 가슴 저린 이야기지만 가볍게 제자리를 찾아간다. 냉정하고 현실적이며 매력적이다.

'페니점 1'로 가는 길에는 모퉁이마다 다른 표정의 작가 얼굴이 안내판처럼 붙어 있있나. 모두가 세련된 콩트로 손색이 없다. 어디에나 마비된 감각을 깨뜨리는 도끼날이 번쩍인다.

"내가 방금 뭐랬슈? 잉?" 마지막에는 놀라운 설득력을 가진 사투리와 함께 '페니점 1'의 문이 열린다. 거기에서도 사투리가 강한 효과음이 들린다. "여그? 페니점! 자네

편의점 재영씨

페니점 모른당가?" 글로 쓰여진 목소리가 귓가에서 쟁쟁거린다. 이 책이 입소문을 타고 날아다니면 이럴 것 같다. "이 책?『편의점 재영씨』! 편의점 재영씨를 모른다고?"

'페니점 1'이 왜 하필 18번째 모퉁이에 서 있는지는 아무도 모른다. 의도했을 수도 있고 그저 우연일 수도 있다. 글은 작가가 쓰지만 혼자, 마음대로 쓰는 것이 아니다. 좋은 글은 저절로 쓰인다. 신탁 같은 것이다.

어찌 되었든 거기에는 반값 할인 기간에 바코드 스캐너로 따발총을 쏘아대는 재영씨가 알바하는 페니점이 있고 그 모퉁이를 돌면 겁나 행복한 사람들이 등장한다.

검은 옷 용녀는 겁나 기품 있고 똥꼬가 쫄바지를 먹은 슈퍼맨은 겁나 슈퍼하고 화상회의하러 온 북맨은 '얍 얍 으흠 으흠'을 흥얼거리며 겁나 즐겁다. 동네를 겁나 깨끗하게 치워주는 호빵맨은 앞니 두 개가 없고, 심플 아저씨는 겁나 술에 취해서 심플 사러 오는데, 무서운 이야기는 겁나 무섭다. 겁나를 많이 써서 겁나 미안하지만 겁나 중독성이 강하다. 재영씨가 슈퍼맨에게서 전염되었고 나는 재영씨에게 전염되었다.

『편의점 재영씨』는 겁나 판타스틱하다. 늦가을 맑은 날씨 같은 알흠다운 서정과 함께 놀랍도록 지적이며 — 니체의 위버멘쉬, 세잔의 조끼 입은 소년, 그리고 르네 마그리트의 집단적 발명, 어인공주가 카메오로 출연한다!!! ─ 깊고 냉철한 통찰력을 보여준다.

　이 모든 것을 보석처럼 꿰어내는 세련되고 절제된 글솜씨는 도대체 어디에서 배우고 익혔을까? 초보 저자의 작품이라니, 믿을 수 없어! 궁금증을 참지 못하고 물어보았다. 따로 배운 적 없어요. 짤막한 에필로그를 닮은 답이 돌아왔다.

　그럼에도 불구하고 그 좁은 편의점을 배경으로 이렇게 넓은 세상 풍경을 보여줄 수 있다니. 미얀마, 하얼빈, 스리랑카, 흑룡강 사람들까지 등장한다. 그 이야기를 이처럼 멋진 문장으로 수놓을 수 있다니. 돌아보면 소금기둥이 될 만큼 깊은 여운을 남길 수 있다니!

　날짜를 보니 추천사 데드라인을 맞춘 오늘도 18일이다. 아무튼 여하튼 어마무쉬 언빌리버블!

2022년 12월 18일
강창래

편의점 재영씨

ⓒ 신재영

초판인쇄	2023년 1월 11일
초판발행	2023년 1월 20일

지은이	신재영
펴낸이	강성민
편집장	이은혜
마케팅	정민호 이숙재 김도윤 한민아 이민경 정유선 김수인
브랜딩	함유지 함근아 김희숙 고보미 박민재 박진희 정승민
제작	강신은 김동욱 임현식

펴낸곳	(주)글항아리
출판등록	2009년 1월 19일 제406-2009-000002호

주소	10881 경기도 파주시 회동길 210
전자우편	bookpot@hanmail.net
전화번호	031-955-2696(마케팅) 031-955-1934(편집부)
팩스	031-955-2557

ISBN 979-11-6909-070-4 03800
잘못된 책은 구입하신 서점에서 교환해드립니다.
기타 교환 문의 031-955-2661, 3580
www.geulhangari.com